Gerhard Dallmann

Otto Schmeerlapps Weihnachtspredigt
und andere
Weihnachts- und Wintererzählungen

Husum

Umschlagbild: Mili Weber, Christkind. © Mili Weber Stiftung,
7500 St. Moritz, Schweiz

Bibliografische Information der Deutschen Nationalbibliothek

Die Deutsche Nationalbibliothek verzeichnet diese Publikation in der
Deutschen Nationalbibliografie; detaillierte bibliografische Daten sind im
Internet über http://dnb.d-nb.de abrufbar.

© 2010 by Husum Druck- und Verlagsgesellschaft mbH u. Co. KG,
Husum
Gesamtherstellung: Husum Druck- und Verlagsgesellschaft
Postfach 1480, D-25804 Husum – www.verlagsgruppe.de
ISBN 978-3-89876-527-5

Otto Schmeerlapps Weihnachtspredigt

Seit einer Woche schon klirrte und knisterte der Frost im Windschutzgehölz unten am Deich, dass das Schilfrohr vor Trockenheit barst und das Leben der Leute in den Boddendörfern ringsum richtiggehend in Unordnung kam. Denn auf solch einen Kälteüberfall wie in diesem Jahr, so früh vor allem, war niemand vorbereitet gewesen.

Hörbar knackte der Frost in Büschen und Bäumen. Ein alter Fischkutter, den Vorsteven mit dickem Eisen beschlagen, gab seine Aufgabe, als Eisbrecher zu dienen, auf und ließ sich einfrieren. Die Fahrrinne draußen wuchs zu, der Bodden trug eine spiegelblanke Eisfläche, glatt wie ein Kinderpopo.

Und kalt war es überall, unbeschreiblich kalt. Da ließen die Frauen die zu Brettern gefrorene Wäsche auf dem Boden hängen, stopften ihre Kinder in Dickgestricktes, die Alten wischten die Tropfen von den Nasen, halfen den Öfen mit deftigen Eichenkloben nach, die Fischer hackten ihre Löcher ins Eis und stocherten darin nach Aalen oder Hechten.

Und dann, am vierten Advent, wogte eine solche Menge Menschen, eingemummt in Pudelmützen, Schals und doppelmaschigen Sweatern, über das Eis, wie man es lange nicht gesehen hatte.

Schneefreie, tragende Eisdecke – das war nicht nur für die Schlittschuhfreunde wie geschaffen, sondern auch für die, die das Eissegeln liebten und die Jahr um Jahr auf solche wundervolle Gelegenheit warten mussten. Was Wunder also, wenn Pandermehls Junge, der rotblonde, sommersprossige Jörn, seinen alten Segelschlitten klarmachte. Mutter hatte sich zwar sehr deutlich dagegen ausgesprochen und vor sich hingeschimpft: „Sport? Sport? Is dat Sport? Selbstmord is dat." Nein, sie war grundsätzlich dagegen, dass der Junge bei dieser Hundekälte hinauslatschte, um zu segeln. Als wenn der Sommer nicht lang genug wäre, verflixt nichnochmal! Zudem gäbe es im Haus genug zu tun, wo er doch nun Ferien hätte. Vater dagegen suchte mit großem Verständnis für seinen Bengel die einmalige Möglichkeit zu unterstreichen, wusste er doch aus eigenem Erfahren, was es heißt, mit brennenden Augen über das Eis zu flitzen, und wenn auch dabei die Tränen zu dicken Eiszapfen gefroren. So was, ließ er sie wissen, wäre eine unwahrscheinliche Sternstunde.

Also kramte Jörn seinen verstaubten, an den Kufen überrosteten Segelschlitten aus dem Stall. Mit Handfeger und Öllappen ging er dem Dreck der Jahre zu Leibe, fuhrwerkte über Sitz und Ausleger, scherte neue Leinen durch die Leitösen, gab Öl ins Rudergestänge und holte vom Heuboden das alte Segel, das dort sein Dasein verträumte. Schlitten dann samt Mast und Segel wuchtete er auf Vaters klapprigen Handwagen, sagte Tschüs und verschwand in Richtung Deich.

Das tat er am vierten Adventssonntag, den der Kalender als den 21.12. anzeigte. Das tat er am Montag drauf und auch am Dienstag. Denn an diesen Tagen stand der Ostwind durch mit einer Beständigkeit, die ihresgleichen suchte. Glasklarer Himmel in der Mittagszeit, leichter Dunst am frühen Abend, glutrot die Sonne, wenn sie kurz über der Kimm verschwand. Jörn segelte auf dem Eis. Die Leute hielten den Atem an, standen und bewunderten den kessen Lausebengel, wenn er in rasender Fahrt an ihnen vorbeidonnerte mit polternden, dröhnenden Kufen. Sie schrien auf, als er dicht an ihren Fischlöchern entlangzischte oder an den Kanten der Schwimmlöcher, die die Schwäne, Blesshühner und Stockenten freihielten, um den Winter überleben zu können.

O ja, die Schwimmlöcher der Vögel. Es war einfach erstaunlich, wie die Tiere gemeinsam um ihr kleines Vogelleben kämpften, viel hartnäckiger, als wir Menschen es uns denken können. Aber, aber – „einige Tage noch, dann werdet auch ihr müde werden, dann wird der Fuchs übers Eis kommen und sich an eurem Blut satt trinken", sagte, wer von dieser Gefahr wusste, und fütterte sie darum mit Brot oder anderem. Die Kinder schütteten ihnen sogar ganze Tüten voller Gebäck vor ihre nimmersatten Schnäbel. Und dennoch, so manch eines konnte darauf warten, dass sein Gefieder einfriert, dass seine Füße endlich im Eis festgehalten werden und die Wärme langsam dem Körper entweicht. Dann wird es den Kopf auf das Eis legen und still sterben.

Jörn, dieser dreibastige Bengel, auch wenn ihm Rauflust und Übermut im Gesicht geschrieben standen, auch Jörn wusste um die Not dieser Tiere. Und weil er in seiner Seele eine weiche Stelle hatte, gab er vor, auch am 24. Dezember zu den Schwimmlöchern der Vögel hinauszusegeln, am Heiligen Abend vormittags. Mein Gott, zeterte die Mutter, dazu brauche er doch den dämlichen Segelschlitten nicht, die Löcher seien doch nicht aus der Welt. Sie habe gar nichts gegen die Wohltat an den armen Tieren, aber am Heiligen Abend eissegeln wollen, dagegen habe sie was. „Dat kümmt mich nich in Frag, dat segg ick di", keifte sie und hielt ihren Jungen am Ärmel fest. Jörn aber wischte sie ab, er hörte mit tauben Ohren. Vielmehr bestand er darauf. Denn erstens sei noch kein Weihnachten, und er wäre ja zu Mittag wieder zurück, und vormittag sei noch nicht Heiligabend, und überhaupt. Und wenn er jetzt nicht rausdürfe, sei er bestimmt den ganzen Abend über gnatzig. Zweitens wäre heute noch mehr Wind als gestern. Da kann er bis nach Rügen rübersegeln; dazu brauche er keine Stunde, er würde fliegen, flitzen. Ob sie das nicht verstehen könne. Aber er sei ja nicht verrückt, er segle nicht nach Rügen rüber, aber ein bisschen raus, da hielten ihn keine zehn Pferde nicht. Mama drohte darauf: „Kommst du mich nach dem Mittagessen, giwwt dat Flüsterback kreuzweise, und wenn hunnertmal Wiehnachten is."

Jörn versprach, was er versprechen konnte, stopfte die Taschen mit Brotresten voll und raste auf den Hof. Wie ein Baby ließ er sich ja nun auch nicht behandeln. Eissegelwetter gibt's nur einmal, und wenn tausendmal Weihnachten ist. Er war einfach nicht zu halten, der Bengel.

Schneidend kalt blies der Wind die Dorfstraßen entlang und trug vom Deich her den Duft verdorrten Schilfrohrs, durchquirlt von den saftvollen Gerüchen der hinter Gardinen versteckten Weihnachtsküchen – Bratfisch, Fleisch,

Pfannkuchen – von alldem, was himmlisch fein duftet, wenn es in den Öfen schmort und brutzelt. Dickbusige Frauen mit prallen Einkaufstaschen begegneten ihm, als er seinen Schlittenkarren schob, und schüttelten die Köpfe: „Bi disse Küll! Der Himmel bewahr mi!" Vor Beiers Haus wurde noch flugs eine Zauntür repariert. Männer in Filzpantoffeln und dicken Wollsocken pflaumten den Jungen an: „Wat wisst hüt buten, Jung? Hüt friert di up'n Eis fast der Mors tau", sagte der eine. Der andere gab noch eins drauf: „Lat em doch, hei halt sick sinen Wiehnaxsmann von buten. Up'n Nordpol sitt hei all."

Jörn schob sich mit rotem Kopf vorbei, er wollte nichts gehört haben. Er brachte seine Karre über den Deich bis aufs Eis, setzte den Schlitten ab und klarte auf. Kalt war es, natürlich war es kalt, es war sogar lausekalt. Aber dem Jungen juckte es nun mal in den Fingern und unter den Rippenbogen. „Und wenn hundertmal Weihnachten ist", dachte er, „ich mach was ich will." Fest ruckte er sich die Pudelmütze über Stirn und Ohren, schob den Schlitten an, schwang sich drauf und – ab ging's. Heia!

Auf dem Eis waren nur ein paar Mädchen, die sich in verunglückten Pirouetten versuchten, und Jungen bei der Bolzerei ihres Eishockeys. Einige Fischer wohl auch noch an ihren Fischlöchern, die mit ihren Piekestangen den Grund unter den Löchern abstocherten.

Diese Löcher waren quadratisch gehackt, die ausgeworfenen Eisstücke danebengepackt, von Tag zu Tag wachsende Barren, immer neu überfroren. Schlittschuhfreunde zogen weite Bogen um diese gefährlichen Löcher, außerdem wollte niemand die Fischer bei ihrem stummen Geschäft stören, Jörn allerdings fragte nicht danach. Er zog seine schräge Bahn haargenau zwischen Löcher, Fischer und Eisbrocken hindurch, dass alle, die das sahen, das kalte Grausen kam. Unter seiner rasenden Fahrt dröhnte das Eis, feiner weißer Staub, aufgekratzt und hochgeweht, stob zur Seite – Heia! Hart gegen den Wind brannte die Kälte wie Feuer im Gesicht. Heia! Jörn hatte das untrügliche Gefühl, König in dieser Weite zu sein, in dieser Freiheit und Unendlichkeit. Und der Schlitten hatte ihm zu gehorchen.

Sich umwenden, zurückschauen, das durfte er nicht. Er hatte den Schlitten, dieses mit ihm wegrasende Gestell, mit aller Kraft zu halten, den Blick nur nach vorn gewandt, dorthin, wo die große Fahrrinne, die den Greifswalder Bodden von Ost nach West zerschneidet, sich sommers entlangzieht, die aber jetzt zugefroren einer riesigen Eisbarriere glich. So weit er es wagen konnte, schoss er auf sie zu, um kurz zuvor umzuwenden und wieder dem Land, den Ufern in der Dänischen Wiek, entgegenzufliegen, dem Land, das sich nur mit einem geahnten, wie abradierten Bleistiftstrich von den blassen Farben des Himmels abhob. Dort, in der Windabdeckung, in der es ihm schien, es sei wärmer geworden, ließ er den Schlitten ausruhen, sprang selber hinaus und schlug die Arme um sich, rieb sich die Backen und verschaffte sich durch lustiges Hampelmannspringen wohlige Wärme unter seiner Haut. Dann sah er auf die Uhr. „Was?", dachte er, „da hab ich ja noch massig Zeit." Das Ganze noch mal, das war doch zu schön. Er erinnerte sich wohl an die Brotreste in seiner Jackentasche und versprach sich, auf dem Nachhauseweg ganz gewiss an den Schwimmlöchern der Vögel vorbeizukommen, drehte aber schon den Schlitten, sprang hinein, nahm das Ruder fest unter seine Füße und jagte erneut hinaus, hoch hinauf auf den Bodden, der da winkte und rief und lockte, eine Stimme, der er sich nicht entziehen konnte.

Wieder bot sich ihm das gleiche Bild wie vorhin: Weite, Weite, nichts als Weite, die weder Hell noch Dunkel kannte, lichtes Weiß, blendende Farblosigkeit. Nur dass, von ihm unbemerkt, eine wattige Schicht von Nordosten her aufkam und sich lautlos auf ihn zuwälzte – der gefürchtete Seenebel. Er kam – feucht, kalt, undurchsichtig wie ein Leichentuch. Und Jörn segelte mitten in ihn hinein, hinein in diese Wand, die auf ihn zuquoll, farblos, wie des Todes Blässe selbst. Jörn sah sie nicht. Er hatte nur die roten, eingefrorenen Fahrwassertonnen im Auge, die er suchte, von denen er meinte, sie müssten nun gleich sichtbar werden. Aber, aber – die Nebelwelle hatte sie bereits aufgeschluckt, alle, der Reihe nach, eine wie die andere.

Als ihm dann die Feuchte kalt wie ein nasser Lappen um die Ohren schlug, die Sonne mit einem Wisch ihr Gesicht verlor, als es über ihm herflog in Schwaden, wie wenn nasses Holz dampft und schwelt, wusste er, was die Stunde geschlagen hatte. Unverzüglich riss er den Schlitten herum und floh, floh vor dem alles fressenden Moloch Nebel dorthin, wo er die Bucht wusste und sein Zuhause. Angst kroch ihm unters Herz. Zu oft hatte er über die gefährliche Sichtbehinderung von anderen sagen hören. Sichtbehinderung? Nun, noch wusste er sich auf freier Fläche, hier war kein Baum, kein Berg, kein Pfahl, kein Loch, was sich ihm hätte in den Weg stellen können, noch kommen die Eisbarrieren der Fischlöcher ihm nicht in die Quere oder gar das Schwimmloch der Wasservögel. Notfalls würde er ins Schilf donnern. Gäbe es dann auch Kleinholz, aber er wäre wenigstens an Land. „Hoffentlich – hoffentlich", dachte er angstvoll, „hab ich richtigen Kurs."

Die Fischer an ihren Löchern waren bereits mit vollen Beuteln nach Haus gestiefelt, um sich unter Mutters Tisch die kalten Füße aufzuwärmen oder aus Anlass dieses festlichen Tages sich ein fettes Suppenhuhn einzuverleiben. Zu Hause würden sie dann sicher ihre Gesichter gegen die Fensterscheiben drücken und meinen, dass der Seenebel wieder ein paar Tage anhalten wird und danach die Wetteränderung kommt. – Die Hausfrau sagt dann wohl: „Achtern Mittag mach du man dein Nickerchen, und denn treckst di üm, und klock vier gahn wi all tau Kirch. Und hüt kümmst mit, Vadding, sünst räd ick nich mihr mit di." Der Angesprochene grunzt dann wohl Unverständliches, wischt mit dem Handrücken oder mit der „Sorviette" über den Mund, gibt dem humpelnden Tischgespräch einen anderen Kurs und sagt vielleicht: „Pandermehl seinen, der Jörn, der is noch buten west mit sin Flitzeschlitten." – „Jetz? Tau Wiehnachten?", sagt dann wohl die Frau. – „Nix Wiehnachten. Nebel is buten, dicker Nebel!" – „Ach wat, der Jung hätt Festdagshunger, der driewt em nach Hus."

So oder ähnlich werden wohl die Tischgespräche bei denen gewesen sein, die rechtzeitig ihre Wohnstube gefunden haben. Bei Pandermehls aber hörte sich das anders an. Da bekam die Mutter das Nottern und Tottern, der Hammelbraten würde talgig, die Tüfften wärn all lang gar, und „ick heww em ja seggt, dat dat Flüsterback giwwt, wenn hei nich pünktlich kommen tut, und wenn dusendmal Wiehnachten is". Und hörte nicht auf, unruhig in der niedrigen Wohnstube hin- und herzulaufen, um ihrem Mann, dem Fritz, in den Ohren zu liegen. Der aber wollte sich am liebsten die Ohren zustopfen, um dieses Weibergewäsch nicht anhören zu müssen. Missmutig putzte er den kleinen Baum aus mit roten Kugeln, Kerzen, Lametta und einem lang gehegten, noch aus seiner Kinderzeit hinübergeretteten Pappengel. Aber auch ihm war nicht wohl unter der Haut. Er schwieg, bedrohlich schwieg er, denn der Bengel hätte längst hier sein müssen. Eissegeln ist das eine, Pünktlichkeit ist das andere, dachte er und nahm sich vor, ihm, wenn er kommt, ein paar Deftige achter die Mütz zu kleistern. Die Weihnachtsstimmung war jedenfalls verflogen.

Hätte er indes gewusst, was sich draußen zugetragen hatte, wäre er nicht so schrecklich unschlüssig vor dem Baum gestanden und hätte nicht so kindisch an ihm herumgefummelt. Er hätte den ganzen Flitterkram in die Ecke geschmissen und seinen Jungen gesucht, den verflixten Lausebengel, den … Kommt der mir unter die Pranken, dieser verrückte Segelfritze!

„Dat hätt er allens von di angeorben!", beschuldigte sie ihn. Da war's genug. Er warf sich die Joppe über und stapfte zur Tür hinaus, knallte sie ins Schloss und drückte sich erst beim Gehen die Pelzmütze über die Ohren. Mit schweren Schritten stakste er zum Deich.

Nein, er hatte nicht wissen können, dass Jörn in rasender Fahrt übers Eis gedonnert und dabei zwischen die Eislöcher der Fischer geraten war. Als er auf die ersten Eisbarren zuflog, drückte er wohl zu hastig das Ruderpedal, der Schlitten schoss dabei zur Seite aus, drehte einige Spiralen wie ein

Korkenzieher um sich selbst und sauste mit einer Kufe in eines der Löcher. Es krachte, es splitterte, der Schlitten schlug um, zerbrach, und seine Teile rutschten viele, viele Meter weit übers Eis. Jörn wurde dabei herausgeschleudert. Er konnte auf der Glätte keinen Halt finden, konnte nicht abbremsen und flog daher mit seinem Kopf so hart gegen einen Eisbuckel, dass ihn ein wilder Schmerz fast zerriss. Einmal nur hatte er wie ein Tier aufgeschrien. Dann war er in sich zusammengesunken, vor Schmerz gelähmt, und hatte auf dem Eis liegen bleiben müssen – bis er die Besinnung verlor. Und niemand hatte es gesehen.

Von fern her Hundegekläff, Stimmen, die sich entfernten – er war der Letzte gewesen, draußen. Alle waren sie nach Hause gegangen. Und die Kälte, die aus dem Eis strömte, schlich sich mit zäher Gewalt durch seine Kleidung.

Der Seenebel, der sich am späten Vormittag des Heiligen Abends übers Eis gelegt hatte, war wie ein gefundenes Fressen für Otto Schmeerlapps dunkle Pläne. Je dichter sich die Schleierwand zusammenzog, je besser, je gediegener konnte er sein Vorhaben verwirklichen. Schmeerlapp hatte ein liederliches Haus am Dorfrand zu Eigen. Sein Weib nannte ihn einen ollen Suffkopp. Mit Recht, denn so ziemlich alles, was er hatte, jagte er durch die Kehle. Nicht nur die paar Kröten, die er durch halbwegs ehrliche Verdienste nach Hause brachte, nicht nur, was sich hier und da durch Gelegenheitsarbeit an Kleinem heranangeln ließ, sondern auch das Geborgte. Alles versoff er. Und entsprechend seinem Quantum zeigte sich seine Gemütsverfassung. Mal mimte er gut Freundschaft, heiter und ungeniert, ein andermal stänkerte er seine Umgebung an und schlug auch mal treffsicher zu. Darum mieden ihn die Leute, darum lachten die Mädchen hinter ihm her, und die Frauen im Ort sprachen unflätig über ihn. Seine eigene Frau zog sich bisweilen von ihm zurück, bereitete ihr Nachtlager nebenan und drehte, bevor sie sich niederlegte, den Schlüssel um.

Aber auch sie war nicht von der besten Sorte, denn sie machte ihrem Otto die Hölle heiß, wo sie nur konnte. Sie hieß ihn „Schmeerlapp" oder belegte ihn mit anderen klangvollen Namen, die sich im Dorf breitmachten und dazu beitrugen, dass er sich mit seiner Flasche tröstete, womit dann der ewige Kreislauf begann, der in einer Tragödie enden würde, müsste. Darin nämlich waren sie sich alle einig: Schmeerlapp war ein Suffkopp und seine Frau eine Schlampe. Dessen war man sicher.

Diesem Otto war also der Seenebel sehr willkommen. Der kam doch so schön dicht und alles verhüllend, als wenn er um ihn gebetet hätte. Eben erst hatte seine Frau ihm vorgehalten, er solle sich nicht so jämmerlich anstellen, er solle zu den Löchern der Vögel gehen und ein paar Enten holen. Schließlich sei Weihnachten und sie wolle mal was anderes auf den Tisch stellen als ewig diese ollen Fischklüten, und wenn er, der Suffkopp, nicht alles flüssig machen würde, dann hätten sie längst mal 'ne Weihnachtsgans haben können. Aber sich so was auszurechnen, dafür habe er ja keinen Schick nicht. Und wenn er mal ein paar von den lütten Enten anbrächte, dann hätten sie auch mal was, so wie die andern das haben. Aber wenn er nun nicht bald losginge, dann wird's duster, und dann gehen alle Leut in die Kirche, und wenn sie ihn dann zu sehen kriegen, dann wissen sie alle, dass er was vorhat, und dann kriegen sie ihn an'n Kanthaken, und dann kann er sich den Weihnachtsbraten durch die Backen pusten.

Und weil seine Frau sich die Haarsträhnen unter das Kopftuch fummelte, ihn dabei anstarrte und fuchtig wurde: „So hau doch ab, nimm endlich den Beutel in deine Saufpranken und schieb los! Wenn du schon keinen Tannenbaum angeschleppt hast, bring wenigstens wat für die Bratpfann" – da trottete er auch wirklich los. Er griff nach seiner nach allem Möglichen riechenden Steppjacke und wechselte seine Puschen mit den braunen Halbschuhen, die mit der eingerissenen Naht, aus deren Hacken die dicken Wollsocken hervorquollen, sodass man die Stopfnahtkreuze bis über die Knöchel hinauf sehen konnte. Die abgegriffene Schiffermütze drückte die schmuddeligen Haare zusammen, soweit sie sich nicht über den Jackenrand spreizten. Darunter, an zerkratzten Federbügeln, die Ohrenschützer.

Otto nahm seinen alten Beutel vom Flurhaken und stakste hinaus. Der Weg zu den Wasserlöchern der Vögel war in diesem Jahr weit. All die Jahre hatten sie sich unter der Wiecker Brücke aufgehalten, hatten sich täglich füttern lassen können und so die Winter gefahrlos überstanden. In diesem Jahr aber war die Kälte zu fix über sie hereingebrochen. Sie hatten sich draußen versammelt, den Anschluss an das Flussinnere nicht mehr geschafft und waren draußen stecken geblieben. Etwa zehn Minuten vom Molenkopf entfernt lagen ihre Wasserlöcher nun, jedoch nahezu eine halbe Stunde, wenn man sie bei der herrschenden Glätte unter Rutschen und Schlittern erreichen wollte.

Nun war Otto Schmeerlapp unterwegs zu ihnen. Totenstill war es im Dorf, die Leute pflegten ihre vorfestliche Mittagsruhe oder kleideten sich um oder wischten Staub oder taten das, was man so tut, kurz bevor es losgeht. Jeder kennt das ja. Aber einen Schritt vors Haus setzte niemand mehr, es sei denn zum Bus oder nachher zur Kirche, wenn es so weit ist.

Die Mittagszeit hatte bereits den Zenit überschritten. Fritz Pandermehl war längst über den Deich gestiegen, hatte die undurchdringliche Soße des Nebels mit Schaudern erkannt, hatte sich rasch nach Hause begeben, eine Eishacke geschnappt und war dann wieder zum Bodden geeilt. Er war in den Nebel gestiegen wie in ein Fass voller Milch, unsinnig, lebensgefährlich, so allein. Das hatte er jedoch bedacht und sich darum mit der Eishacke nach jedem Meter Markierungen geschlagen. Wohin er aber wollte, wusste er selber nicht.

Jetzt hätte ihm Otto Schmeerlapp begegnen können, doch der ging ja einen anderen Weg. Erst am Friedhof vorbei und dann an der Kirche. Weihnachten, wusste er, sind die Leute in der Kirche und feiern. Otto griff in seine Jackentasche und zog ein Fläschchen hervor. Einen kräftigen Schluck genehmigte er sich und dachte sich eins: „Lass sie alle feiern, wir feiern auch, ick hol ein paar Vögelchens, die schmoren wir, dazu gibt't wat zu drinken, und denn setz ick mich mein Weib aufn Schoß, und morgen hol ick mich bei Erichen die Weihnachtskrafi … Weihnachtsgrafi … Karkar …, weeß ick, wie dat heißt." So sprach er mit sich selber und stieg bei der Spüle aufs Eis, dort, wo man früher die Wäsche durchs Wasser gezogen hatte, als das noch erlaubt war. Auf dem Eis ging er um einen eingefrorenen Kutter herum und rutschte auf den glatten Gummisohlen dem Flussausgang entgegen, rechts die nackten Pfähle der Sportboote, links der Wohnprahm und die Gaststätte Utkiek, rechts dann die verlassene Badeanstalt, links endlich die Mole. All das hatte der Nebel verschluckt, und nur in geahnten Umrissen erkannte Otto, wo er sich befand. Auf dem Eis suchte er verharschte Stellen, auf denen seine dämlichen Gummisohlen nicht dauernd wegrutschten. Er stelzte, schlitterte, angelte sich über die glatte Fläche, als ginge er auf Schmierseife. Kurz darauf hatte auch ihn die Nebelwelt verschlungen mit Haut und Haaren. Ihm war das nur lieb. Der Wind sang ihm einen zischenden Ton um die Ohren. Darüber hörte er nichts weiter, es war ja auch sonst bottenstill. Die wenigen Geräusche aus dem Dorf und manch anderer verlorener Laut wanderten ja nicht gegen den Wind zu ihm hin. Diese Stille machte ihn sicher, denn nun konnte er in aller Ruhe nach den Hälsen der Enten greifen, konnte Fett fühlen und aussuchen. Der Beutel, den er bei sich trug, war geräumig genug.

Otto wandte sich nach links, in der Meinung, dort auf die Schwimmlöcher zu treffen. Aber im Nebel verlor er die Gerade. Er wusste nicht von dem Geheimnis der Natur, das manch einem den Tod, manch einem auch die Rettung gebracht hatte. Der Mensch nämlich wird, und wenn er sich noch so sehr darum bemüht, niemals geradeaus gehen können, sondern stets nach rechts abkippen. Und wollte er sich absichtlich nach links wenden, würde er eher geradeaus gehen als seinem Ziele zu. Doch davon wusste Otto nicht. Der setzte Fuß vor Fuß, wie die Glätte es ihm gerade erlaubte, und wähnte sich auf rechtem Kurs. So schritt er weiter, immer weiter, ohne sich den Weg zu kennzeichnen, den er nach seiner Vermutung ja wieder zurückfinden würde. Warum auch nicht! Er war doch einer vom Wasser und kannte hier jeden Quadratmeter, wo auch immer.

So schritt, schlitterte und glitt er langsam dorthin, wohin er sich wünschte, bis er sich vor den Fischlöchern befand, vor den Eishuckeln, den weggeworfenen Zigarettenkippen und den winzigen Blutspuren gestocherter Aale. Wie das? Gerade wollte er mit einigen kernigen Kraftausdrücken seinem Herzen Luft machen, da sah er in nächster Nähe ein Gerüst oder so was liegen, erkannte darin einen zerborstenen Segelschlitten, einen im Winde flatternden Fetzen Segeltuchs, einen zerknackten Mast, etwas weiter ein Stück einer Schlittenkufe, zusammen also Jörns Schlittenwrack, übel zugerichtet.

Da war Otto stocknüchtern. „Junge Junge Junge", dachte er, „wenn hier noch einer liegt, muss ich ihn holen." Einen Augenblick stand er still, ganz still, schob die Ohrenschützer zur Seite, damit er deutlicher hören konnte, drehte den Kopf, dass der Wind nicht in den Ohren rauschte, rief Hallo, Hallooo, erst hierhin, dann dahin, vernahm aber nichts, keine Antwort. Ihm fielen die Kratzer auf, die der geschleuderte Schlitten tief ins Eis gerissen hatte. Ihrer Spur ging er nach, wie ein Spürhund die Nase nach unten, Schritt vor Schritt. Er kam sich selber wie ein Idiot vor, Kratzern auf dem Eis nachzulaufen, im langsam sich verziehenden Tageslicht, im verrückt dichten Nebel, am Heiligen Weihnachtsabend, wo er doch Wasserhühner klauen wollte. Aber er ging, er musste gehen. Er musste so lange den silbrigen Eisfusseln folgen, bis er an die Stelle kam, an der Jörns Schlitten den gewaltigen Korkenzieher gedreht hatte.

Da hörte die Spur auf – vielmehr, da begann sie, denn da gewahrte er ein Bündel, das sich unweit von ihm auf dem Eis schwach gegen das Grau abhob. Mann, dachte er, da liegt tatsächlich einer. Er schlitterte darauf zu, die Gummisohlen seiner Schuhe waren wie Ölschmiere, darum schlitterte er mehr, als dass er ging. Mann, ein Bengel! Mannomann! Otto beugte sich zu ihm nieder, hob die Augenlider an, blickte hinein, hatte aber keine Ahnung, wie die Augen eines nur Betäubten oder eines Toten aussehen müssen. Er tat es, weil er es bei anderen mal so gesehen hatte. Dann griff er nach der Halsschlagader, wie wenn er nach einem Gänsehals greifen würde, und – dort fühlte er einen ganz leisen Druck pulsen. Rasch und ohne Zögern riss er den Bengel hoch, ganz gleich, ob der sich das Genick gebrochen hatte oder nicht, und packte ihn sich über die Schulter wie einen Sack und ging zurück, dorthin, wo er meinte, dass das Ufer wäre. Er kam an den Trümmern des Schlittens vorbei, rutschte und schlitterte in einer gedachten Geraden weiter, weiter, immer weiter, fünf Minuten, zehn Minuten, immer wieder bedacht, ja nicht hinzuschlagen, denn es war sauglatt.

Wohl eine halbe Stunde mühte er sich so vorwärts, und das Tageslicht verlor zusehends an Helle, und er hatte den Jungen über der Schulter, und der wurde von Minute zu Minute schwerer. Otto hatte so seine Gedanken. „Wenn der nur eine Stunde so liegt, ist er durchkühlt. Soll ick ihm aus meine Pulle geben oder soll ick ihm nich aus meine Pulle geben? Ick weiß't nich. Aber nach Haus muss er, dat is mich klar." – Lange würde er ihn nicht mehr tragen können. Schulter und Rücken hatten sich durch die Länge der Last schon schmerzhaft verzerrt. Aber anhalten, ausruhen? Nicht jetzt, noch nicht. Durchhalten, Mann.

Er ging, wie er meinte, immer geradeaus. Jetzt müsste er gleich an der Mole sein, dachte er und rutschte weiter. Schweiß im Gesicht, Schweiß auf dem Rücken, nass, klebrig unter der Haut und schlapp die Beine vom ungewohnten Gehen – weiter, immer weiter Schritt vor Schritt.

Da – mit einem Mal huschte es vor seinen Augen, erst kaum sichtbar, dann deutlicher: das Wasserloch der Vögel, eine um viele Meter geweitete Fläche offenen Wassers. Durch sein Kommen unruhig geworden, drehten und schwänzelten die kleinen schwarzen Schwimmer umeinander, lautlos, verängstigt, immer in Bewegung, ein armseliges bisschen Leben in dieser Kälte und Verlassenheit.

„Verdreiht nichnochmal, jetz kann ick euch nich hol'n, jetz nich. Erst muss der Bengel nach Haus, und denn is't duster", keuchte er und schleppte sich weiter. Nicht ein einziges Mal schaute er sich um. Der Weg, die Last, sie kosteten ihn unbeschreibliche Kraft.

Als er nach langer Zeit endlich etwas vom Ufer erspähte, war es aus mit ihm. Sobald er festen Boden unter den Füßen spürte, brach er zusammen. Mit ihm rollte der noch immer besinnungslose Jörn zwischen zerspellten Muschelschalen und angespültem Seegras auf den Uferkies.

Lautlos stieg der Abend auf, der Heilige Abend. Hinter dem Deich hoben sich Dohlen und Krähen aus den Baumkronen und strichen davon, ihren Schlafbäumen in der Stadt entgegen, und hinterließen nichts als Grabesstille.

Zur gleichen Zeit war auch Fritz Pandermehl auf dem Eis gewesen. Er hatte sich mit der Hacke seine Spur gezeichnet und sich bei einbrechender Dunkelheit zum zweiten Mal ergebnislos an ihr entlanggefingert, zurück ans Land. Verstört kauerte er nun vor seinem heulenden Weib. Ihm zitterten die Kinnladen vor Kälte und Weh, seine Hände öffneten sich und ballten sich zusammen und fuhren sinnlos durch die Luft, als er sich in den Sessel hatte fallen lassen. Aber schon erhob er sich jäh und raste von einer Stubenecke in die andere: „Ick kann doch jetz nich die Leut aus ihre Feierstuben lotsen. Die schmeißen mich raus", brüllte er verzweifelt. „Fuffzich Mann brauchen wir mindestens. Wir wissen doch nich, wo er stecken tut."

„Geh und frag", drang sie auf ihn ein und jammerte, „sie könn'n uns doch nich alleinlassen."

„Aber doch nich am Heiligabend. Die schmeißen mich raus!" Er fuhr sich durch die Haare. „Wenn der Bengel ... wenn er nich mehr ... ick geh noch mal los ... ick muss ihn finden, ick muss ...!"

„Geh nich allein, nich allein ... Gott im Himmel, hör mir doch." Doch schon fiel die Tür ins Schloss. Hinausgestürmt war er, hinein in die fast schon rabenschwarze Lichtlosigkeit. Da sackte die Frau endgültig in ihrem Sessel zusammen, heulte und heulte und war zu nichts anderem mehr fähig als nur noch zum Heulen.

Fritz Pandermehl hastete zum Hafen, stieg die drei Stufen der Spüle hinab aufs Eis, stakste um die Hecks der Kutter herum und nahm Kurs flussabwärts, vorbei am Molenkopf. Dabei dachte er: Ick geh jetz hier längs, und die andern, die von uns nischt wissen, die gehn jetz friedvoll in de Kirch. Noch eine halbe Stund, denn geht't da los. Lieber Gott, gib mich meinen Jungen wieder, wenn du dat kannst. Ick bin verrückt, ick bin verrückt, hier rumzuschlittern und zu beten, aber ick kann nich anders, ich muss beidet tun. Ick will doch meinen Bengel wiederhaben. Gott, nu hilf mich doch …

Fritz Pandermehl, er ging und wusste nicht, wohin, bald sah er nichts mehr und war daher drauf und dran, jetzt, jetzt gleich umzukehren – nur noch ein paar Schritte, und noch ein paar, aber dann …

Von alledem ahnte im Dorfe niemand etwas. Die Frau Pandermehl hatte ihren Sessel nicht verlassen, hatte niemanden gerufen, um keine helfende Hand gefleht. Sie hatte ihre Aufgabe darin gesehen, hier zu hocken und zu flennen. Und dieses entsetzliche Gefühl traf mit der Heul- und Wehmutsstimmung eines Heiligen Abends so haargenau bei ihr überein, dass sie in seelischer Verdrehtheit auf die wahnwitzigsten Ideen kam, die damit ihren Schluss fanden, dass sie sich selbst und ihren Mann am Dachbalken baumeln sah, entseelt, gehenkt. Warum, das wusste sie selber nicht. Sie litt eben und weidete sich an ihrem Leiden.

Als das alles passierte, als die beiden zusammengebrochen im Uferröhricht lagen, als der Vater Fritz sich endlich zum Umkehren zwang, als die Mutter hörte, wie die Nachbarn mit fröhlichem Geschwätz zur Kirche trappelten, läutete die Glocke die Christvesper ein. Ihr scheppernder Klang hängte sich in unregelmäßigen Schlägen über die Dächer und warf damit etwas Festliches hinein in Nacht und Nebel. Der wieder hängte sich um die Straßenlampen mit glitzerndem Schein und bezauberndem Flimmer. Dem Klang der Glocke gingen die Leute nach, trafen sich an den beiden aufeinanderstoßenden Dorfstraßen, sagten sich einen freundlichen Gruß und gingen dem Kirchengebäude entgegen, das für das Fischerdorf wirklich zu groß geraten schien. Durch die hohen Bogenfenster fiel nun das Licht über den Friedhofsweg bis an die ersten Grabsteine, gelblich warm und einladend. Jahr für Jahr dasselbe Bild.

Aus dem Pastorhaus kam der Chor in Grüppchen an. Man hatte sich dort eingesungen. Die Kirche füllte sich mit Menschen, so viel das Dorf zählen konnte. Auf der Empore rummelte es tüchtig, hölzern hohl, unten scharrten sie über die Steinfliesen, hier und da knackten die alten Bänke, irgendwo rutschte, durch den Wintermantel gestreift, ein Gesangbuch von seiner Ablage und entblätterte sich auf dem Boden, helle Kinderstimmen prallten gegen das verhaltene Raunen der Erwachsenen. Dann schritt der Pastor durch den Mittelgang, da wurde es etwas stiller. Er ordnete am Altar seine Bücher, die Glocke läutete aus, der Chor stimmte an, die Orgel begleitete die Gesänge der Gemeinde, das Programm lief ab wie vorgesehen nach Strich und Komma. Man sang von Friede und Freude, von Engelstimmen, man sang von himmlischen Chören, man hörte uralte Worte der Bibel und ihrer Propheten, versuchte einen Bezug zum persönlichen Alltag zu schaffen, was nicht gelang – dann sang man wieder, und das war so schön. Es wurde auch die bekannte Weihnachtsgeschichte „mit dem Kind in Windeln gewickelt und in einer Krippe liegend" gelesen und auch die Fortsetzung mit den Hirten auf Bethlehems Feld. Vierzig elektrische Kerzen brannten am hohen Tannenbaum. Man sah ihn an und träumte, sang wieder ein Lied, das von der Rose, die aus einer zarten Wurzel entsprungen war, wobei die Gemeinde Jahr für Jahr an einer bestimmten Stelle gegen den Rhythmus der Orgel stand. Man hoffte, heute würde wieder „Stille Nacht" gesungen werden, denn ohne dieses Lied sei doch kein rechtes Weihnachten nicht.

Zur Predigt rückte man sich in der Kirchenbank zurecht. Einige blickten zur Kanzel hinauf, einige suchten sich einen Punkt, auf den sie beim Zuhören blicken konnten. Kinder spielten mit knisternden Buchseiten oder drehten an den Knöpfen von Mutters Mantel.

Aber die Predigt! Sie ließ aufhorchen, sie traf so recht das Gemüt der weihrauchgefüllten Seelen. Da schimmerte durch die nicht nur zur Sommerzeit grünenden Zweige des Baumes das Licht der Weihnacht auf, da kam das Christkind zum Heil und Segen der Menschen in die arme, arge Welt, so wie die gute neue Mär es verkündete, ja, da neigte sich der Himmel selber der Erde zu aus Gottes ewigem Rat, Friede zu bringen und den Menschen ein Wohlgefallen. Verstohlen rann hier und da eine Träne über die Wange und tropfte auf den Saum des Mantels. Bilder standen auf, Wehmut schwebte im Raum, und es war – wie immer – sehr feierlich.

Den Pastor selbst hatte es mitgerissen in der strömenden Flut seiner tiefen Gedanken, die er dem vor sich liegenden Konzept entnahm, als sich am Kircheneingang eine Unruhe bemerkbar machte. Die Tür ging auf, da schlurfte einer über die Steinfliesen, da torkelte einer gegen die Bankwangen; durch das offen stehende Portal warf sich ein Schwall Kälte in den erwärmten Raum. Die sich gestört fühlten, schauten sich um, die Unruhe nahm zu, man tuschelte, man tat entsetzt. Der Pastor konnte durch den nur matt erleuchteten Raum die Ursache der Störung nicht erkennen und redete weiter, obwohl ihm niemand mehr zuhörte. Was dort hinten geschah, war doch unerhört! Aller Augen haben sie gesehen, die Gestalt, die sich jetzt in den Lichtschein schob, einen Menschen auf der Schulter, den sie nach vorne trug, dorthin, wo der Lichterbaum glänzt, und, den sie trug, vor den Stufen des Altars ablegte.

Jetzt drehte er sich keuchend um und blickte verstört in die ihn scharf fixierenden Augenpaare. Von irgendwoher flog es durch den Raum: „Der Suffkopp" – oder: „Wat will denn Schmeerlapp hier."

Schweißverklebt stand er da und wankte, er musste sich festhalten, er war am Ende. Scharfer Dunst aus seinen Kleidern schwelte zurück, und die Leute rümpften die Nasen. Er aber rief laut und ungeniert mit seiner unangenehmen Stimme in den Raum: „Paster, komm runter, hier liegt einer. Ick weiß nich, is er dot oder wat. Ein Jung ausm Dorf."

Ein beherzter Mann quetschte sich aus der Kirchenbank, trat energisch auf ihn zu, riss ihn am Arm und zischte ihn an: „Otto, geh raus, du bist wieder voll." Otto machte sich los: „Quatsch nich. Kiek ihn dich doch an. Hat uff'm Eis gelegen."

In dem Pastor kochte jetzt der Zorn hoch. Gerade dachte er, einige geharnischte Worte hinunterzurufen und ihn der Kirche zu verweisen, da fasste er sich, um nichts Unrechtes in diesem Augenblick zu tun. Aber die Köpfe der Leute, wie flogen sie hin und her, zu dem einen, zu dem anderen. Otto Schmeerlapp aber wusste nicht, wie ihm geschah. Hilflos stand er da – Dunnerlüttchen, er war doch noch nie nich in einer Kirch gewesen. – Doch lauter als der Pastor von der Kanzel rief er: „Is hier kein Arzt? Kein Dokter?"

„Doch, ist", rief es aus dem Raum. Ein hastiges Gedrängel, ein schlanker Mann trat ins Licht und beugte sich schon über den Jungen.

„Los, rüber ins Pfarrhaus", befahl der Arzt, rief nach zwei kräftigen Männern und riet, vorsichtig zu tragen. Der Pastor war von seinem Hochstand herabgestiegen und sagte nun mit verlegenem Zögern: „Entschuldigen Sie, aber ich wusste ja nicht ...", blickte ratlos wie alle anderen, sagte: „Ich komme mit", rief noch, alle mögen bitte warten, er käme gleich zurück – und verschwand für fünf Minuten.

In diesen fünf Minuten kreisten bei der aus der Feiertagsruhe aufgestörten Menge die Gedanken. Gedanken wurden zu Worten, Worte zu Mutmaßungen, diese zu Wissen, Wissen zu Widerwissen, und bald meinte man bereits die ganze Geschichte zu kennen, würde sie aber gar zu gern aus dem Mund des Pastors selber erfahren. Als der endlich zurückkehrte, verstummte das Bienenkorbgesumme, und man verfolgte seinen Gang, als er, bleich, sehr bleich, zum Altar schritt.

Hier wendete er sich der Gemeinde zu und suchte nach passenden Worten, der Stunde angemessen. Galt es doch hier nichts zu verharmlosen, aber auch keine Sensation aus dieser immerhin schrecklichen Begebenheit zu machen.

Er sagte etwa so: Auf dem Eis hat sich vorhin ein Unfall ereignet. Jörn Pandermehl ist besinnungslos aufgefunden worden, nachdem er beim Eissegeln einen Sturz erlitt, einen schweren Sturz. Wir dürfen Herrn Otto – den Nachnamen ließ er vorsichtshalber aus – sehr, sehr dankbar sein, denn er war es, der ihn gefunden hat. Hierher ins Gotteshaus zu kommen, war die einzige Möglichkeit, für den Jungen noch etwas zu tun, denn das Dorf ist ja so gut wie leer.

Eine beklemmende Pause entstand. Tuscheln war jetzt erlaubt. Irgendwer sagte: „Jörn? Dat is doch der mit dem Flitzeschlitten hüt Vörmiddag." Eine Frau klagte: „Die armen Eltern." Eine andere sagte: „Man gut, dat nischt passiert is."

„Es möchte jetzt ein Lied gesungen werden," dachte der Pastor, „damit sich die Beklemmung löst", und blätterte in seinem Gesangbuch, fand aber nichts Passendes. Da bat er die Orgelspielerin, etwas zu präludieren. Währenddessen stieg er auf die Kanzel und suchte seine Gedankenfetzen, um etwas Geschicktes zu erstellen, um wenigstens dem Ganzen einen guten Schluss zu geben. Die vorher von ihm erdachte Predigt lag fein aufgeschrieben vor ihm auf dem Kanzelpult. Hilflos flogen jetzt seine Augen über die Zeilen. All das, wurde ihm plötzlich klar, ist Nonsens, ist total unbrauchbar. Er warf einen Blick auf die Gemeinde. Nie war sie je wacher als eben jetzt.

Da klappte er vor allen und mit mattem Knall sein schmuckes Predigtbuch zu, sozusagen als sichtbares Zeichen für einen Schluss des Vorhin und einen Anfang für das Jetzt, reckte den Kopf hoch und sprach: „Das, meine Lieben, das, was wir eben erlebt haben, ist unser wahres Leben. Ich halte es für gut, dass wir endlich einmal aus unserem fest gefügten Gedankengebäude gerissen werden, in dem man sich wunderbar einrichten kann. Hier sitzen wir – stellen wir uns das einmal vor! – und singen. Wir singen, während draußen auf dem Eis, in der Verlassenheit, in der unbarmherzigen, grenzenlosen Einsamkeit, jemand versucht, einen Menschenbruder ins Leben zurückzu…"

Ihm zitterte die Stimme, er räusperte sich und wischte sich über die Augen. „Dem, der das versuchte", fuhr er fort, „hätten wir am liebsten die Tür gewiesen. Ich, ich hätte das getan. Wir alle haben ihm keine Qualitäten zugetraut, nicht wahr? Wir verachten ihn, weil er nicht so ist, wie wir sind. Er ist, wie wir heute sagen, nicht gesellschaftsfähig.

Und hier sage ich: Der, der in Bethlehem geboren wurde, der in einem Viehstall zur Welt kam, war auch nicht gesellschaftsfähig. Man nahm Abstand von ihm und verurteilte ihn, man rechnete ihn den Sündern und Verbrechern zu. Und der, der Christus heißt, ist für uns, für Sie und Sie, liebe Leute, geboren und in die Welt gekommen, um Sie und Sie und Sie aus Ihrer – ich hätte beinahe sagen wollen gottverlassenen Einsamkeit herauszuholen.

Dem Jörn wurde in der Gestalt des Herrn Otto ein Mensch geboren, der für ihn das Heil war oder wurde. Und das ist" – jetzt versuchte er den Vergleich fasslich zu machen – „ein Mensch gewesen, dessen Leben wir nichts weiter als Dreck geachtet haben. Wer weiß, wohin böse Zungen ihn nicht schon verwünscht haben. Aber der war Rettung und Heil für einen, der ohne seine Hand umgekommen wäre. Und so und in keiner Weise anders wollen wir von nun an Weihnachten verstehen. Da kam einer in unsere Welt, in unsere Zeit, in unser Denken, als eine Hand, die rettet, als Heil, als Leben – so wie wir singen: Welt ging verloren, Christ ist geboren, freue dich, o Christenheit. Da ist einfach Schluss mit allen süßlichen Gefühlen. Da geht es unter die Haut, da gibt es kein fades Happy End, da gibt es nur Staunen und Annehmen. Da ist einer gekommen, persönlich für jeden Einzelnen von uns. Das, das ist Weihnachten.

Nicht die Rettung des Jungen, von dem wir hoffen, dass er durchkommen wird – der Arzt vorhin war nicht hoffnungslos –, nicht die Rettung des Jungen, sondern dass er uns verunsichert hat, dass er uns aus unseren stearinvertrieften Feststuben herausgehoben hat, dass er sich uns dargestellt hat in einer verlotterten Arbeitskluft und doch Heil war. Das ist das Unbegreifliche, wie Weihnachten ja auch im Grunde unbegreiflich ist. Aber – das war seine Predigt an uns."

Einigen Hörern blieb der Mund offen stehen. Andere rutschten auf ihrer Bank unangenehm berührt hin und her. Sie fühlten sich wie ausgezogen und durchröntgt.

„Wie viele leben heute in grausiger Not und Vereinsamung und haben niemanden. Er selbst, der Herr Otto, er selbst könnte so einer sein. Oder nicht? Darum ist sein Herkommen in diesen solche Szenen nicht gewöhnten Gottesraum eine massive Frage an uns alle: Was, was wird sich nun ändern in unserem Verhalten gegenüber unseren Mitmenschen? Zu denen auch bei uns im Dorf, zu denen, die am liebsten vor Einsamkeit in ihren schlaflosen Nächten den Kopf ins Kissen stecken und nicht mehr leben möchten, darum, weil sie niemanden haben, der sie annimmt, versteht, der sie liebt und würdigt? Was wird sich nun ändern? Das ist die Frage, und die muss ausgesprochen sein.

Die andere aber ist: Wenn Sie oder Sie oder Sie", und wieder blickte er in die Runde, „sich fühlen wie der Jörn, einsam, verlassen, seelisch zu Tode matt, wissen Sie dann, dass einer gekommen ist, Ihnen Leben zuzusprechen? In Bethlehem begann es damals. Aber es ist schließlich ganz egal jetzt, ob die Geschichte in Bethlehem begonnen hat oder sonst wo und ob Bethlehem in Palästina liegt oder irgendwo hier. Es ist aber nicht egal, ob Sie oder Sie begreifen, dass die Christgeburt persönlich für Sie geschehen ist oder nicht. Es ist nicht egal. Und wenn wir Menschen das erfasst haben, dann ist es in uns Weihnachten geworden. Wir danken Gott, dass dieser Mensch heute unsere Kreise störte, dass er dazwischenfuhr, dass er uns predigte. Er hat eigentlich alles gesagt, indem er es tat. Er, der den Herrn Christus an seinem Leibe trug. Ja, er hat uns gepredigt. Ich vermag nichts anderes dazu zu sagen." Und er schloss mit einem kräftigen Amen.

Er griff seine Bücher und stieg die Kanzelstufen hinab an den Altar zum Schlussgebet.

Was hat er gemeint? Dieser verlodderte, versoffene Schmeerlapp soll uns quasi als Christus vorgestempelt werden? Das ist doch ein bisschen übertrieben, wenn man den Pastor richtig verstanden haben sollte. So dachte wohl mancher und schüttelte den Kopf, denn man wusste es ja besser. Andere empfanden anders, doch niemand zeigte deutlich, was er sich dachte.

Unter Orgelrauschen schob man sich bald darauf durch die nun doppelt geöffnete Tür hinaus in die kalte Winterluft, strebte eilig seinem Hause zu und feierte. Jeder feierte auf seine Art. Das Weihnachtsfest hatte begonnen.

Bei Pandermehls sah es so aus: Schmeerlapp hatte den Jungen ja nicht gekannt, sonst hätte er ihn natürlich erst ins Elternhaus geschleppt. Dann, nachdem der Arzt den Jungen untersucht hatte, ist der Frau Nachricht gegeben worden. Bleich wie eine getünchte Wand war sie daraufhin ins Pfarrhaus geeilt und hatte dort ihren Jungen bei heißem Tee und in Decken gehüllt vorgefunden. Gleich darauf wurde er ins Krankenhaus gefahren. Sie wankte nun zurück in ihr Haus, hoffnungsvoll, doch mit schlappen Beinen. Das war reineweg zu viel. Sie wollte in Ohnmacht fallen, riss sich aber zusammen, weil sie ihren Mann erwartete. Als der erfuhr, was sich zugetragen hatte, schlug er sich mit der flachen Hand knallend gegen die Stirn. Ausgerechnet der! Nie hatte er was von diesem verkommenen Subjekt gehalten. Er hatte seine Gesellschaft, ja jedes Wort mit ihm vermieden, wie jeder andere auch. Jetzt aber, jetzt fasste er sich an den Schädel, rief – ohne lange zu überlegen – seiner noch immer bekümmerten Frau über die Schulter zu: „Mach Abendessen für vier, aber ein saftiges, und dat du mich mit nischt sparen tust. Ick hol ihm her, ihm und seine Alte. Die soll'n mit uns an einem Disch essen."

Spornstreichs machte er sich auf den Weg. Seine Frau starrte ihm mit offenem Mund nach, raffte sich dann aber auf und durchleuchtete ihre Speisekammer gründlich und mit feuchten Augen. Eine Stunde später saßen die vier zusammen und erzählten sich was. Fritz Pandermehl kannte sich selbst nicht wieder. Ihm war, als hätte er einen neuen Menschen vor sich. Dabei hatte Schmeerlapp nur einen halbwegs sauberen Anzug an und eine unpassende Krawatte umgebunden, und seine Frau wischte immerzu verlegen über die Ärmel. Und waren doch dieselben Leute wie früher.

Spät noch kam der Pastor. Der staunte nicht schlecht, als er die vier in Zigarrenqualm gehüllt und bei freundlichem Gespräch sozusagen auf einem Sofa sitzen sah. Dass aber er diese dumme, peinliche Frage stellen musste, was denn der Herr Otto am Heiligen Abend noch so spät auf dem Eis gesucht habe, und dazu noch bei dem gefährlichen Nebel! Da bekannte Otto freimütig: „Dat will ick dich sagen, Paster. Alle haben sie ihre Gans oder Ente oder Braten mitsamt ihren Kuchen aufm Tisch. Unsereins hat so wat nich. Du hast dat doch auch, Paster? Oder nich?"

„Doch, doch. Pute."

„Siehste, und ick wollt mich nur ein paar von disse arme Blesshühners holn, die bei disse Küll doch krepiern. Aus dem Wasserloch draußen. Ick oder der Fuchs, dat is doch ejal, Paster. Und auch nur, weil Wiehnachten is."

„Na ja", sagte der Angesprochene und zerdrückte ein Lächeln, „aber dass Sie den Jungen gerettet haben ..."

Otto schabte sich das Kinn, dann wehrte er ab. „Wenn der Jung nich wär gewesen, denn wär ick zum Klauer geworden, zu einem, der den Piepmätzern da draußen die Hälse umdreht. Und nu, nu ging dat nich. Der Bengel hat mich davon abgehalten, sozusagen bewahrt, mannich?"

Der Pastor schwieg erst sehr nachdenklich, sagte dann aber mit Kopfschütteln: „Dass Sie das so hindrehen, Mann. Sie sind einfach ein Original."

„Wat heißt hier Orjinal. Dat stimmt doch. Er hat mich vorm Klauen bewahrt. Der Bengel hat mich heut erzogen."

Als Jörn später nach Hause zurückkehrte, genesen und lebensfreudig, kaufte Otto Schmeerlapp ihm eine schöne Angel. Weiß der liebe Himmel, womit er sie bezahlt hatte. Wenn überhaupt.

Seine Weihnachtspredigt aber, die hatte man im Dorf lange nicht vergessen.

Erwartung

Ich höre dich in tausend Sängen.
Passionen, Arien und Choral,
doch weide ich mich an den Klängen
der Kunst nur in dem Festspielsaal.

Ich sehe dich in tausend Bildern,
seit deinem Tode aufgebaut,
doch keins von allen will mir schildern,
wie meine Seele dich erschaut.

Ich spüre dich an tausend Tagen,
als wenn du mir zur Seite stehst,
doch unablässig muss ich fragen,
ob du auch wirklich mit mir gehst.

Ist Glaube mehr als klares Wissen?
Ich suche deine Gegenwart,
hier, *heute*, nicht als Ruhekissen,
das nur auf Zukünftiges starrt.

Mit allen Sinnen will ich halten
das Bild von dir in mir, gewiss.
Selbst will ich dich in mir gestalten,
doch immer spüre ich den Riss,

den Riss, den Bruch in meinem Hoffen.
Ich bin so leer, des Hungers voll.
Noch hab ich dich nicht angetroffen.
Bist du es, der da kommen soll?

Sabina Kopicka

Sabina Kopicka war ein junger Mensch, dessen Erscheinung unter den Lebenden in keiner Weise besonders hervortreten würde, wäre diese nicht zu einem Exempel geworden in jenen schrecklichen Jahren, die Deutschland mit einer dummen, ja irrsinnigen Ideologie überzogen hatten, in denen in vernunftwidriger Art Feindbilder in Herzen und Seelen gepumpt wurden in beispiellos teuflischer Weise. Die aus dieser Tatsache entstandenen Probleme und die Umstände, soweit sie Sabina Kopicka betrafen, sollen zunächst zurückgestellt werden, scheint es doch ratsam, zu Beginn dieses Berichts das Umfeld zu umreißen, in das dieses Mädchen hineinrangiert wurde.

Da wäre zunächst eine Stadt zu nennen, von der man sagte, sie sei eine der schönsten Städte im Norden unseres Landes, herrlich begrünt und mit Straßenzügen aus der Vorstellungswelt großartiger Stadtplaner durchsetzt.

Eine ihrer Straßen, von der noch mehrfach die Rede sein wird, zeichnete sich beispielsweise durch Anpflanzungen zahlreicher Kastanienbäume aus, die die Fahrbahn an beiden Seiten an die hundert Meter umsäumten, warum man ihr neben dem ihr amtlich zugeteilten Namen den klangvolleren Namen Kastanienallee verliehen hatte. Im Volksmund. Belassen wir es bei diesem, denn die riesig sich ausbreitenden Bäume stehen noch heute.

Schön muss es sein, an ihnen den Gang der Natur durch ein volles Jahr miterleben zu können, im März das Kommen der braunen Knospenköpfe zu entdecken, die alsbald klebrig aufspringen, um sich wie Samtpfötchen zu entfalten, um die Fächer des Blattwerks freizugeben, wieder bald darauf die wie Weihnachtsbäume anmutenden Blütenstände in tausendfacher Schönheit zu erleben und die stachelbeerartigen Früchte und die gegen Sommerende aufplatzenden Kastanien, ein lustiges Wettsammeln aller Kinder, bis endlich die letzten Blätter zur Erde segeln, wenn es nach vermoderndem Laub riecht. Großartige Bäume, eine Lust, sie anzuschauen.

In einem der Häuser dieser Straße wohnte das Ehepaar Grabow mit Sohn, eine interessante Familie, interessant für die, mit denen sie Kontakte unterhielt, wie auch für die, die in besonderer Weise auf sie aufmerksam geworden waren. Das Haus selbst war ein im Grunde unbedeutender Bau, der sich aber des Vorzugs rühmen durfte, wie ein schutzbedürftiges Etwas unter den riesigen Baumarmen geborgen zu sein.

Vater Grabow war ein Mittfünfziger. Die Behörden hatten ihn wegen seines vorgeschrittenen Alters nicht mehr in den aktiven Wehrdienst zu Beginn des letzten Krieges einberufen können. Grabow war von untersetzter Natur und daher unauffällig, wie man sagt. Seines Zeichens professioneller Kaufmann seit vielen Jahren, was ihn bewog, in lebendige Geschäftsverbindung mit den im Osten beheimateten Polen und denen jüdischer Herkunft zu treten. Dazu pflegte er die Musik. Zugegeben, sein Herz schlug nicht für die Musik des Barock. Für ihn begann sie mit Mozart, den Wiener Klassikern bis hin zu Brahms und seinen Zeitgenossen. Kammermusik wurde im Grabow'schen Haus betrieben, Streichquartette vornehmlich, von Haydn bis in die Neuzeit, dazu auch die Werke jener Meister, deren Namen im Dritten Reich auf dem Index standen.

In diesem Haus gab es unter anderem ein Musikzimmer, eine Benennung, die deshalb geführt wurde, weil darin das Klavier stand, und es wurde darin musiziert. Dienstags um acht Uhr beispielsweise, jede Woche, um acht Uhr abends, da trafen sie sich, die beiden Geigen, die Bratsche, und das hier im Hause ansässige Cello, das Grabow eben selber spielte. Diese Leute waren zwar Dilettanten, aber auch unter diesen soll es bekanntermaßen solche geben, die ordentlich musizieren. Und hier war das der Fall. Grabow stellte Ansprüche. Zudem beflügelte Begeisterung die vier, denn gerade die Musik half ihnen, wie so vielen anderen auch, über die Misere hinweg, über das ständig Ungewisse, das die Zeit über sie verhängt hatte.

Wohl verstanden sie sich über das Musiktreiben hinaus und sprachen auch ganz offen über dieses und jenes im Zeitgeschehen. Hellhörig aber wurden sie in jenem Augenblick, da einer unter ihnen darauf bestand, am Dienstagabend, vor Beginn des Musizierens, im Rundfunk die Kommentare des unanständigen Hans Fritsche unbedingt hören zu müssen. Dieser Fritsche war einer jener Charaktere, die ihre giftigen Injektionen unter die Häute naiver, alles glaubender Leute trieben, damit sich der Ungeist, der Deutschland beherrschen wollte – Vater Grabow nannte ihn Braunfäule –, wie Metastasen im Nichtmehrdenken der Zeitgenossen wuchernd fortpflanze. In fein geschminkten Phrasen wurde dieses Gift gereicht. Das durch diese Forderung eines Quartettmitglieds die Freundschaft auseinanderbrach, verstand sich von selbst. Misstrauen bietet nicht die Welt, in der es sich atmen lässt. So sah sich Herr Grabow genötigt, das ihm so liebe Streichquartettspiel aufzugeben.

Musik wurde selbstverständlich weiterbetrieben, schließlich gab es nicht nur das Quartettspiel, auch Trios gab es und Duos, und einmal gelangte sogar das bezaubernde Forellenquintett von Schubert auf die Notenpulte, unter Zuhilfenahme eines Kontrabasses, vortrefflich am Klavier getragen durch Lisa Grabow, die Ehefrau des Hausherrn. Diese war einst, nach Durchlaufen eines Lyzeums und Studiums im Carl-Loewe-Konservatorium, zu einer angesehenen und gern gehörten Pianistin in der Stadt avanciert und lebte zurzeit vom Klavierstundengeben. Die Wandererfantasie Schuberts flog ihr mit Bravour durch die Finger, doch ebenso feinfühlend brachte sie die emotionsgeladenen Lyrischen Stücke Griegs auf die Tasten. Von Mendelssohn ganz zu schweigen, den sie über alles liebte, auch wenn dessen Namen nur auszusprechen schon gefährlich war. Lisa war eine zierliche Frau. Einmal erzählte sie über sich und ihre Kindheit, der Arzt habe ihrer Mutter nach ihrer Geburt geraten, keinen Kinderwagen zu kaufen, es lohne nicht, das Kind sei zu schwächlich. Hatte der sich aber geirrt! Lisa konnte, wenn es sein musste, wie eine Energiebombe losplatzen, dass einem Hören und Sehen verging. Ja, das konnte sie. Konnte aber auch ganz das Gegenteil sein, sanft wie das Flauto-dolce-Register einer Orgel. Je nachdem, was von ihr gefordert wurde.

Allerdings zeigte sich in letzter Zeit eine Veränderung ihrer Konstitution. Ihr Hausarzt, der Dr. Salomon Schlesinger, riet dringende Schonung und befürwortete den Antrag auf eine Haushaltshilfe. Diese Schwäche gründete nicht allein in dem, was sich bei einer Frau in vorgeschrittenem Alter ohnehin einstellt und bekanntermaßen nicht immer leicht zu ertragen ist. Kam es über sie, legte sie sich ins Bett und überließ den Haushalt ihren beiden Männern, dem Vater und dem Sohn Horst. Da warteten dann Küche, Mahlzeiten, Wäsche, Reinigung, kurz all das, was zu einem Haushalt gehört, wie man es ja kennt.

Dass dieses auf Dauer kein Zustand bliebe, wurden also Anträge gestellt, bei dem für so etwas zuständigen Amt. Man gab Bescheid und ließ wissen, in diesen angespannten Zeiten könne man niemanden freistellen, um private Haushalte zu versorgen. Die Anträge würden liegen bleiben, man würde zur gegebenen Zeit auf sie zurückgreifen. Man möge also warten.

Sollte der Name des die Anträge unterstützenden Hausarztes dem Amt nicht genehm sein? Das war durchaus anzunehmen. Die Grabows hatten ohnehin das sichere Gefühl, auf einer Liste zu stehen mit solchen, denen aus verstecktem Winkel besondere Beachtung galt. Nun, es war ihnen egal.

In dieser Zeit, da Mutter kränkelte, wuchs der Junge Horst zu einem unentbehrlichen Helfer heran. Er lernte Rücksichtnahme, bekam goldene Hände für dieses und jenes und dazu ein wachsames Auge für die, die seine Hilfe brauchten. Im Grunde aber war er schon von klein auf ein hilfsbereites Kind gewesen, wie jenes Ereignis belegt, über das hier berichtet werden soll.

Als der Junge im Jahr 1932 die erste Klasse der Volksschule besuchte, hatte der Tag noch mit Gebet und Morgenlied, vom Lehrer mit der Violine begleitet, immer schön begonnen, harmonisch, dem Kindeswesen angemessen. Bald aber drängte sich ein anderer, neuartiger Ton dazwischen, störte die Harmonie, forderte eine Art Gleichschritt im Denken, Lehren und Begreifen. Systematisch. Vater Grabow sprach von homöopathischer Dosierung. Neue Lieder erschallten unter dem einfallslosen Gepauke der sogenannten Landsknechtstrommeln, doch noch hatte sich das Jahr 1933 nicht als der gewaltigste Irrtum und Missgriff im sich anbahnenden politischen Wirrwarr erwiesen. Die Kinder, wenn sie das zehnte Lebensjahr erreicht hatten, nannte man Pimpfe, und die Älteren versicherte man, die Zukunft Deutschlands zu sein. Horst verlor in dieser Zeit diesen und jenen Freund, und einen besonders schmerzlich, den Günter Lurje, wohl einen der begabtesten Jungen seiner Klasse, ein dunkelhaariger, braunäugiger Junge, den Horst lieb gewann mit jener reinen Zuneigung, wie sie Kinder in jenem Alter bewegen kann. Lange Zeit hindurch gingen sie den gleichen Schulweg, die Kastanienallee entlang, fast möchte man sagen, Hand in Hand gingen sie. Dass so was so manchem nicht mehr gefallen wollte, war eine Frage der Zeit. Irgendwann kam es zu Hänseleien, man knuffte den Günter, der sich nicht zur Wehr setzte, der sich sogar schlagen ließ und stoßen, sodass Horst wie ein Blitz dazwischenfuhr, um seinen Freund zu verteidigen. Darauf nannte man ihn Judenfreund und zeigte mit dem Finger auf ihn. Eine Beschwerde beim Klassenlehrer verhalf zu nichts. Bald darauf blieb der Günter Lurje der Schule fern und ward nicht mehr gesehen, genau wie manch anderer, die Löwensteins, die Manasses, die Aronheims und Cohns und auch der Hausarzt Dr. Schlesinger.

Horst trauerte seinem Freund nur kurze Zeit nach, dann vergaß er ihn. Das Heranwachsen forderte sein Recht, ein gesundes Maß an Selbstbewusstsein, der Geist des Elternhauses und die Keckheit und Widerborstigkeit des Pubertierenden formten seine Lebensjahre. Geborgen im Rahmenbild einer seelisch gesunden Familie, die mit den ethischen Grundsätzen aus dem Geist der Bergpredigt lebte und die mit dem Ungeist der Zeit nicht Schritt zu halten vermochte, wuchs er heran. Und nur der schreckliche Zwang, dem er sich am Ende trotz allen Widerstandes nicht mehr entziehen konnte, hieß ihn sich schließlich mit einer Uniform vermummen, ein Akt verzweifelter Selbstaufgabe, wollte er sich nicht einem unerträglichen Martyrium selber ausliefern. Horst Grabow wurde Hitlerjunge, ein Knabe, der seine Uniform mehrmals in der Woche zu tragen hatte, ein Zustand, dem er sich mit ertaubenden Sinnen zu ergeben schien, im Innersten angewidert. Und er war nicht der Einzige.

Die Familie Grabow suchte ihren eigenen Weg durch diese Jahre. In dunklen Stunden half da die Musik, die ‚holde Kunst', beklemmte Herzen in eine bessre Welt zu entrücken.

Es schien geraten, dieses bisher Erzählte dem eigentlichen Bericht, der nun folgen soll, voranzustellen. Dies geschah, um die Grabows mit dem, was sie umgab, was sie trieben und dachten, kennenzulernen. Doch nun weiter.

Eines Tages, genau gesagt es war der 31. August des Jahres 1942, läutete es an der Tür des Grabow'schen Hauses. Eine Frau stand da, ihr geflochtener Zopf nach zeitgemäßer Forderung gesteckt und ihr hoch artikulierter deutscher Gruß ließen augenblicks wissen, wes Geistes Kind vor einem stand. Sie bringe, wie sie sagte, „positive Bearbeitung betreffs dem Antrag auf Haushilfe", ließ aber zugleich auch sehr deutlich wissen, sie müsse sich auf Anordnung des Amtsleiters „über den wahren Zustand von der Notwendigkeit orientieren und die Unterbringung kontrollieren". Erst dann dürfe sie den Antrag als genehmigt aushändigen. Frau Grabows Einwand, ob denn nicht genüge, wenn der sie behandelnde Arzt … „Nein, das genüge nicht, auch unser Amt hat ein Wörtchen mitzureden. Wir sind aber keine Unmenschen", behauptete sie mit verbissenem Lächeln, „und wir tun an unseren Genossen, was möglich ist."

Frau Grabow steckte den Zeigefinger in den Mund, kaute drauf und nuschelte so was wie: Das haben wir längst gemerkt und wir sind dankbar für jede Wahrheit.

Nun musste die Dame, die in einer strammen Weste steckte und ihre obere Partie jünglingshaft zurückzudrängen suchte, zugeben, dass zur Zeit der angespannten Lage für einen privaten Haushalt kein deutsches Pflichtjahrmädchen gestellt werden könne, daher müsse man auf eine Aushilfe zurückgreifen, auf eine, wie sie sagte, aus dem Osten, falls Frau Grabow damit einverstanden wäre. Bejahendenfalls gäbe sie die Sicherheit, dass, würde auch nur ein einziger Punkt der Klage kommen, ja bei dem geringsten Anlass, würden wir sofort Gerechtigkeit walten lassen. „Man kennt ja", sagte sie, „die Unzuverlässigkeit dieser Menschen. Und schließlich", sagte sie wörtlich, „müssen wir Deutschen uns ja nicht alles gefallen lassen von dem Pack. Unser Führer ..." und so weiter und so weiter.

Frau Grabow winkte ab und mit gespielter Vertraulichkeit antwortete sie:

„Schicken Sie sie mir und seien Sie überzeugt, wir wissen, wie wir diese Art Menschen zu behandeln haben." Mochte sich diese braune Zicke dabei denken, was sie wollte. Und richtig, mit süffisantem Augenaufschlag hob sie den Finger und sagte:

„Das ist gut, Frau Grabow, das ist sehr richtig. Ich freue mich über Ihre Haltung. Damit darf ich Ihnen den vom Amt bereits unterschriebenen Vertrag übergeben. Sie können die Polin, mit den notwendigen Papieren versehen, morgen im Lauf des Vormittags erwarten. Hier ist der Vertrag, der nun auch von Ihnen unterschrieben werden muss. Er gilt aber nur auf Widerruf."

Sie entnahm ihrer Tasche die Formulare, Frau Grabow unterschrieb. Sie bekam aber noch zu wissen, dass von Zeit zu Zeit eine Kontrolle erfolge, und jede Klage wäre sofort zu melden.

War dieser Frau gar nicht aufgefallen, dass Frau Grabow sie nur auf dem Hausflur abgefertigt und nicht ins Zimmer gebeten hatte? Nein. Indes verabschiedete sie sich mit zurückgeworfenem Kopf und deutschem Gruß, den Frau Grabow aber nicht erwiderte. Er wäre ihr im Hals stecken geblieben.

Es ist wohl verständlich, wie von diesem Augenblick an eine gewisse Neugier, um nicht Aufregung zu sagen, die Grabows ergriff. Und die blieb auch bis zu dem Moment, da es an der Haustür läutete und Lisa, nennen wir sie ab jetzt der Einfachheit wegen so, mit einem Aha-jetzt-kommt-sie-wohl die Türe öffnete. Vor ihr stand eine junge Frau. Oder noch ein Mädchen? Lisa hatte sich auf eine ältere Person eingestellt, die in der Lage war, den Haushalt im Krankheitsfall zu übernehmen. Nun war sie doch recht verwundert. Ein Lidschlag nur, eine kurze, prüfende Begegnung zweier Augenpaare, dann streckte sie der Angekommenen die Hand entgegen in der Erwartung, die Frau beziehungsweise das Mädchen würde sie ergreifen, wie es doch üblich ist, auch in Polen. Aber nein, das geschah nicht. Die Fremde stand da, in der einen Hand eine unordentlich gepackte, vollgestopfte Tasche, in der anderen einen zerknitterten Pappkarton, mit Bändsel zugeknüppert, stand da in einer Art, als sei sie im Begriff, auf der Stelle zu flüchten, weg, weg ins Weiß-nichtwohin. Angst las Lisa in dem Gesicht, nichts als Angst. Kurzerhand ergriff sie die Fremde am Arm und zog sie ins Haus, schloss die Tür und deutete ihr, das Gepäck abzustellen, hier, egal wo, diese ärmlichen Behälter ihres sicher noch ärmlicheren Besitzes. Dabei blickte sie an der Fremden herum, sah ihre abgetragene Kleidung, die zertretenen Schuhe, ihre Augen glitten über das schwarze P auf gelbem Grund, festgenäht am Mantelaufschlag, für jeden sichtbar, kennzeichnend und diskriminierend. Dieses P.

Dies aber währte nur Sekunden. Lisa erschrak, als ihr das blutunterlaufene Auge auffiel, links, die Wunde, die bis zum Wangenknochen aufgeblüht war, nässte und das eigentlich wohl jugendliche Gesicht in eine Fratze verkehrte, vor der man Angst hatte, sie anzuschauen.

Ein Faustschlag ins Gesicht! Welch eine Demütigung! Sie legte die Hände vor die Lippen, flüsterte vor sich hin: „Mein Gott, wie kann man bloß", und eilte, heilende Salbe zu holen.

Starr, als wäre sie ein eisernes Standbild, ließ das Mädchen an sich geschehen, wie Lisa mit sanftem Finger die Salbe über die Wunde strich und mit leiser Stimme, als könnte sie das Mädchen verletzen, hauchte: „Kind, was hat man nur aus Ihnen gemacht."

Sie ahnte, sie ahnte. Dummheit mit Macht gepaart, darin erweisen sich die ohnmächtigen Mächtigen dieser Tage.

Nun erst fragte Lisa nach dem Namen, in der Annahme, dieses Mädchen verstünde ein wenig Deutsch. Wortlos reichte die Fremde ein Formular und wies mit dem Finger auf das Gedruckte. Das sollte wohl heißen, da, Frau, lies selbst.

„Sabina Kopicka?"

Das Mädchen schüttelte den Kopf, verbesserte in Kopitzka und sagte: „Ich Polin."

Lisa sagte, sie wisse das, und fragte, ob sie Deutsch verstünde, was Sabina verneinte.

Hier wäre also eine Hürde zu nehmen, dachte Lisa, hieß sie dann ihr zu folgen und führte sie die wenigen Schritte über den Hof zum hinteren Gebäude, um ihr zu zeigen, wo sie wohnen sollte. Ungeachtet der falschen Annahme, Sabina verstünde sie nicht, redete sie zu ihr, gab es doch vieles zunächst zu erklären. Wie das denn so ist, wenn man einem Fremden ein Zimmer zuweist. Lisa bedeutete dem Mädchen, sie solle sich hier ganz nach ihrem eigenen Geschmack einrichten und sich wohlfühlen. Alles zum Leben Notwendige stehe ja bereit, dort das Bettgestell mit zwei warmen Decken, frisch bezogen, dort der Waschständer mit der Emailleschüssel, Wasser müsse sie sich aus der Küche holen, dort das Regal und das kleine Kommödchen. Sagte ihr auch, wenn sie irgendwelche Wünsche habe, solle sie sich getrost an sie wenden, und fügte hinzu, sie wolle heute Abend noch mal die Wunde salben, die sähe ja ganz schlimm aus.

Sabina stand, während Lisa mit gutem, ja mit mütterlichem Wort zu ihr sprach, unbeweglich, wie eine Taubstumme, an der jedes Wort ungehört vorbeistrich. Doch sagte sie, als Lisa sich zum Gehen wandte: „Danke, Frau", und blickte ihr nachher durch das gardinenverhangene Fenster nach.

Was in den nächsten Minuten dem Mädchen durch den Kopf flog, dürfte wohl nur unschwer zu erraten sein. War ihr mit dieser Frau Grabow Gutes widerfahren oder nicht? Gibt es denn wirklich noch einen Ort, der Fürsorge kennt und Güte? Durfte sie noch einmal aufwachen aus dem Trauma, noch einmal Mensch sein? Oder bis ans Lebensende gehetztes Wild bleiben, frei zum Abschuss? Denn was in letzter Zeit gewesen war, und der schreckliche Schlag der eisenharten Männerfaust, das durfte sich nicht noch einmal wiederholen. Sie wusste nicht, wie entsetzlich entstellt ihr Gesicht war, und erschrak so sehr, als sie sich im Spiegel musterte, dass sie aufstöhnte und sich und die Welt verfluchte. Tränen flossen, natürlich flossen Tränen, dick und wie aus voller Quelle. Nicht etwa Tränen des Schmerzes, nein, Tränen unbeschreiblicher Wut auf alle die, die in diesem verteufelten deutschen Land Uniform trugen, schwarze, braune, graue Uniform, vom Kind hoch bis in die Männerjahre. Und die Frauen? Die schienen aus gleichem Holz geschnitzt zu sein, hämisch, glatt und stolz. Stolz? Worauf stolz? Sabina hatte nur Böses erfahren, seit man sie aus ihrer Kinderstube herausgerissen und in die unerbittliche Fremde gestoßen hatte. Seitdem. Sollte ihr wirklich mit dieser Frau, gar mit dieser Familie, eine Tür in eine vergessene, unwirkliche Welt geöffnet werden? Nein, nein, nein! Misstrauen zertrat in ihr jede Hoffnung auf ein neues, noch mögliches Leben.

Lisa Grabow hatte sich ins Haus begeben und studierte die Papiere des polnischen Mädchens, das man ihnen geschickt hatte. Warum gerade sie? Die Frage blieb unbeantwortet. Sabina Kopicka, las sie nun, mit tz auszusprechen, geboren am 15. März 1924 in einem Ort, dessen Buchstaben sie nicht zueinanderbrachte, aber jedenfalls im Kreis Radom. Neben den Personalien stand geschrieben, welche Aufgaben Sabina zu erfüllen habe, dieses und jenes, in fein geschniegeltem und gebügeltem und dennoch plumpem Parteijargon, den Lisa bis auf den Tod hasste, und den man seit Jahren zu lesen sich hatte vorlegen lassen. Nun wusste sie, ach, sie wusste es vom ersten Augenblick an, was mit Sabina auf sie zukam, auf sie, auf ihren Mann und auf den Jungen. Wir werden unsere Verhaltensmuster nicht verändern, befahl sie sich, wer immer auch meint, uns belehren zu müssen. Sabina kam in unser Haus, und was in unserem Haus geschieht und wie es geschieht, ist einzig und allein unsere Sache. Wir bestimmen. Hier, bei uns, wird dieses Mädchen Schutz bekommen. Jawohl, Schutz. Dieses Wort wird der Hauptnenner für all unser Handeln, Reden und Denken sein. Die Weichen sind gestellt.

Sabina indessen ordnete in ihrer Kammer – Zimmer dürfte man zu diesem Gemach wirklich nicht sagen – den wenigen Kram dorthin, wo er künftig seinen Platz haben sollte, die wenige Wäsche, die dringend einer Erneuerung bedurfte, das bisschen Schreibkram, ein wenig dies, ein wenig das. Dann ließ sie sich auf das knarrende Bettgestell fallen, um auszuruhen. Die Augen geschlossen, wanderten ihre Gedanken in die Ferne, weit, weit fort, ins Elternhaus, zurück in die Kindheit, auf die Blumenwiesen ihrer einstigen Freude, da sie als bildhübsches Kind den Eltern einzig Glück gewesen war. Doch immer wieder wischten Szenen über diese Bilder, verzerrten sie und machten Platz den üblen Fratzen, die vor ihren Augen ihren Reigen tanzten, grässlich und gemein. Handgriffe, Faustschläge, Drohungen – diese Wunden brannten schlimmer als der letzte Schlag ins Gesicht, heute früh als Abschiedsgruß. Dieser Schlag, die Wunde wird heilen. Aber das, was im Innersten festgewachsen und blutend schmerzt, das wird, das kann nicht heilen. Nie!

Eine Frage über sich selbst trieb sie um, immer von Neuem, die Frage nämlich, ob ein Mensch sich selber seinen Eigenwert schafft oder ob dieser Eigenwert von außen her angetragen wird. Selbstbewusstsein hieß das wohl, oder Selbstwertgefühl? Ich weiß doch, was ich wert bin, was ich gelernt habe, was ich anderen voraushabe, was mir innewohnt. Kenne ich mich selber so wenig, dass ich mich verleugnen müsste? Nein, o nein, ich weiß, was ich mir wert bin und anderen wert zu sein habe. Diesen meinen Eigenwert will ich festhalten wie ein Dieb seinen Raub. Niemals wird mich jemand in die Knie zwingen können, und wenn ich tausendmal geschlagen werde. Ich werde immer wieder aufstehen. Ich bin eine Polin. Noch ist Polen nicht verloren.

Mit solchen Gedanken richtete sie sich innerlich auf. Doch ihre Energie begann zu weichen. Die letzte Nacht war eine Nacht voller Schrecken gewesen. Jetzt forderte die Natur ihr Recht. Sabina sank in einen Schlaf, der ihr die schrecklichen Bilder der Vergangenheit mit sanfter Hand aus dem Bewusstsein strich.

Irgendwann erwachte sie. Sie erhob sich, glättete ihre Kleidung und begab sich hinüber ins Haus. Freundlichkeit hin, Freundlichkeit her, sagte sie sich. Ich werde schauspielern, ich werde ihnen vorgeben, ich verstünde sie nicht, ich werde dumm tun wie ein Huhn und werde doch alles, alles erfassen, was um mich ist. Die Stimme des Misstrauens, sie redete ihre Sprache.

Doch es sollte anders kommen. Inzwischen war der Hausherr, Vater Grabow, wie üblich zum Mittag erschienen. Als er das Mädchen auf dem Flur hörte, ging er ihr entgegen, nickte ihr zu und sagte mit betonter Deutlichkeit: „Dzien dobry."

Sabina, verwirrt darüber, in ihrer Heimatsprache begrüßt zu werden, wusste nicht, wie ihr geschah. Sie knickste vor dem Mann so artig, wie sie es in Kindertagen gelernt hatte. Sein Gruß hatte sie in der Mitte ihrer Seele getroffen. Doch die ihr dargebotene Hand fasste sie nicht. Flammende Röte hatte ihr Gesicht übergossen, erschreckt über ihr Verhalten. Sie schloss die Augen, als sie den Mann sagen hörte:

„Fühlen Sie sich bei uns wohl. Meine Frau hat das Essen bereit. Sie wird es Ihnen geben. Viel ist es nicht, der Krieg, Sie wissen es selbst. Aber hungern sollen Sie bei uns nicht."

Was war das? Mit Sie hat der Mann mich angeredet? Habe ich mich verhört? Sag, Herz, dass ich mich verhört habe, schrie es in ihr auf. Oder gibt er mir ein Stück meiner Selbst zurück? Nein, das kann nur ein Irrtum sein.

Verstört begab sie sich in die Küche, wo auf eingedecktem Tisch der Teller bereitstand, und Mutter Lisa tat ihr eigenhändig auf, wobei sie sagte, sie würden miteinander teilen, was der Familie zustünde, aber sie bräuchte ihre Lebensmittelkarten, denn ohne die Zuteilungskarten käme sie in Schwierigkeiten.

Nachmittags wurde ihr der Sohn des Hauses vorgestellt, Horst, ein blonder Junge mit fröhlich abstehenden Ohren, halb Kind noch, halb Jüngling. In dem Alter, in dem Horst sich befand, war es nicht ganz leicht, den Stand des Mannwerdens zu benennen. Mit raschem Blick überflog Sabina den, der vor ihr stand. Horst beäugte auch seinerseits die Fremde, grinste sie an, nickte und sagte: „Prima. Aber das P brauchst du bei uns nicht zu tragen. Das ist nicht in unserem Sinn."

Die Mutter zog ihn fort und erklärte, die Sabina verstünde die deutsche Sprache nicht, er könne sich solche Worte sparen. Sabina aber hatte alles verstanden, bestens verstanden. Nun war sie aufmerksam geworden. Sollte der Eindruck der ersten Stunden sich wirklich als wahr erweisen? Vorsicht war geraten. Sie tat sehr klug daran, sich nicht zu entdecken. Zwar gab sie zu, der Junge sei niedlich und nett, gewiss, was aber heißt das schon in diesem Land. Jeden weiteren Gedanken über diesen Horst schob sie beiseite. Unsinn. Außerdem, was wird er über ihr verschrammtes Gesicht denken. Ach, ist auch egal. Lass es gehen, wie es will.

Horst befragte die Mutter danach. Diese klärte ihn auf. Der Junge reagierte auf seine Art. Er ballte die Fäuste und fauchte, diese Saubande müsse man aufhängen, allesamt.

Horst war ein für alles Gute aufgeschlossener Junge.

Mit wachen, für sein Alter erstaunlich reifen Sinnen betrachtete er die Geschehnisse mit äußerster Deutlichkeit. Sind in früheren Jahren, in denen geborgener Kindheit, Meinungen der Eltern über dies und das zur Grundlage seiner Charakterbildung geworden, setzte er seit einiger Zeit eigene Beobachtungen zu jenem Gebäude zusammen, über die er sagte: Ich denke eben so, sie sind die Frucht meiner Erfahrung.

Dagegen war nichts einzuwenden.

Zu bedenken wäre jetzt die Zeit, in der der Junge zu gewissen Anlässen gezwungen war, Uniform zu tragen. Zuerst, als er noch jünger war, eine schwarze, in weiteren Jahren eine braune. War sie ihm auch zutiefst zuwider, er trug sie, wenn gefordert, und gewöhnte sich mit der Zeit an diese, wie er sagte, schäbige Kluft. Es wird wohl immer so sein, wie sich im Lauf der Zeit eine Gewöhnung einschleicht und Gefühle absterben und verdorren lässt wie Zweige an einem einst grünenden Baum. Es sei denn, ein Mensch erwacht, getroffen von einem jäh unter die Haut fahrenden Blitz, der inneres Dunkel erhellt. Und eben dieser Blitzschlag fuhr in ihn durch die Begegnung mit dem Mädchen aus Polen.

Horst war fünfzehn Jahre alt, als das geschah. Mädchen, wer immer es auch war, hatten für ihn bislang keine Bedeutung gehabt. Sie liefen neben ihm her, denn Jungengemeinschaft war gefordert, allein schon bedingt durch die seinerzeit noch gepflegte Geschlechtertrennung in den Schulen. Seine Gruppe bildete ein kleiner, aber feiner Freundkreis.

Nun aber – ei ei, was war denn das? – Was kribbelte neuerdings für ein eigenartiges Gefühl unter den Rippen? Da war plötzlich das Andersartige, das ihn verwirren wollte, ein Mädchen in der Küche, eine frauliche Erscheinung. Erstmalig hier, in seiner Wohnung, im Haus an der Kastanienallee. Da war etwas so leicht nicht wegzuwischen, da drang etwas irrlichternd ins Blickfeld und ging ganz heimlich vor ihm her. Komisch.

Dagegen fand er gar nicht komisch, wie es ihn in den Garten trieb, die Blüte einer der quittengelben Ringelblumen abrupfte, um ihr Stängelchen in das Schlüsselloch von Sabinas Kammertür zu stecken. Nur so, sagte er sich. Nur so?

Sabina Kopicka, das polnische, dienstverpflichtete Mädchen, war also im Grabow'schen Haus und hatte sich dort zurechtzufinden, und die Grabows mit ihr. Nach und nach schwand das Unansehnliche aus ihrem Gesicht, die Haut glättete sich, die Augen gewannen und wurden wohl wert, angeschaut zu werden. Vater Grabow empfand das wohl, sagte dies auch seiner Frau, denn, wie er meinte, zeichne sich in dem Gesicht des Mädchens – Lisa möchte sich bitte keine dummen Gedanken machen, wenn er so was sage –, in dem Gesicht des Mädchens ein still vergrabenes Geheimnis zu einem schönen Bildnis. Polinnen trügen allgemein solch Geheimnis mit sich, sagte er, aber die Augen? Wie Marmorkugeln, und die Haare, welch tiefschwarze Pracht. Er wolle keine Vermutungen ausplaudern, aber Sabina stelle wirklich nicht den uns geläufigen Polentypus dar.

Lisa Grabow blickte ihren Mann von unten an, ein wenig schelmisch, ein wenig nachdenkend, sagte aber, dass uns das in keiner Weise bekümmern sollte.

Zum Wochenende empfahl Lisa dem Mädchen, sie möchte die Badewanne benutzen, und reichte ihr Handtuch und Seife. Ein Angebot wohl weniger der Zuneigung als vielmehr der dringenden Notwendigkeit.

Ein Bad, jubelte Sabina, ein richtiges Bad seit mehr als zwei Jahren. Sie streckte sich aus, genoss die Stunde und bedankte sich nachher mit einem akkurat deutsch gesprochenen „Dank, Frau Grabow". Lisa horchte auf, einen kurzen Augenblick nur. Dann meinte sie, Sabina möchte sich an jedem Sonnabend darauf einrichten, auf Absprache, sie badeten ja auch.

Verständlicherweise drängte sich das Thema Sabina Kopicka immer wieder in die Gespräche der Eltern, weil denn die Umstände, die der Alltag aufwarf, stets von Neuem Anlass dazu gaben. Die beiden fühlten sich, jeder in seiner Art, gefordert. Der eine in väterlicher, die andere in mütterlicher Weise. Mögen elterliche Gefühle vielleicht übertrieben scheinen. Mag sein. Wenn man jedoch bedenkt, ein junger Mensch, sozusagen verwaist, einer Kohorte verbohrter Machtidioten ausgeliefert, da muss einfach eine schützende, eine bewahrende, eine bevormundende Engelwacht gestellt werden. Engelwacht. So nannten die beiden es und taten auch recht daran. Denn dies, genau dies entsprach den beiden, wie ihre Haltung beweisen wollte. Sabina, sicher katholisch erzogen, was aber störte das. Die Grabows wussten sich evangelisch eingetragen, zwar nicht in aktiv kirchlichem Gewohntsein, aber fest gefügt im Sinn einer christlichen Gewissensführung. Ein weites Feld, das zu bestellen gerade in jenen Jahren gemeinster Denunziationen äußerste Wachsamkeit erforderte. Und bei den Grabows gab es nun mal kein Wenn und kein Aber. Engelwacht? Spürte Sabina etwas davon, wenn sie mit winzigen Freundlichkeiten bedacht wurde, etwa mit einem Stückchen Schokolade aus alten Beständen. Oder mal eine kleine Streicheleinheit über die Schulter, oder wieder mal ein Blütchen im Schlüsselloch ihrer Türe? Natürlich spürte sie das und es tat ihr unendlich wohl. Doch hütete sie sich, ihr Geheimnis, das des mangelnden Sprachverstehens, preiszugeben, was der Anstand eigentlich gefordert haben sollte.

Ja, es tat ihr unendlich gut, und sie bedachte, wie ihr Leben in diesem Haus sehr gegensätzlich hätte sein können.

Eines aber konnte sie wirklich nicht mit ansehen, ja, es schmerzte sie, und sie nahm sich vor, bei passender Gelegenheit mit Horst über dieses eine zu sprechen, das sie ärgerte. Denn immer wieder lief er mit dieser schrecklichen Uniform herum, an der das Hakenkreuz prangte. Denn in dieser Dressur kam er zu ihr ins Zimmer, oder sie begegneten sich im Haus. Ihr aufgenähtes P und sein aufgenähtes, aufreizendes, allgegenwärtiges Hakensymbol, die bissen sich doch. Das eine, ihr P, ein Stempel, einem Stigma gleich, das andere eine einzige Blasphemie, Zeichen menschenverachtender Macht. Die Gelegenheit, Horst darüber ein paar gehörige Worte unter die Nase zu reiben, ergab sich bald. Doch die Art, in der sie ihre Wut über diese Tatsache ausspie, brachte den Jungen in peinliche Verlegenheit.

„Ich weiß, Sabina, ich weiß", stammelte er. „Was aber soll ich denn machen! Ich muss doch. Wir alle müssen."

„Was musst du?", fragte sie und durchbohrte ihn mit ihrem Blick, sozusagen.

„Frag nicht", wehrte er ab, „das ist doch nur äußerlich."

„Dann kehre bitte dein Inneres nach außen, damit ich weiß, was ich von dir zu halten habe."

Dieses Gespräch war möglich geworden, nachdem Sabina sich den Grabows zu erkennen gegeben hatte. Als ihr nämlich deutlich geworden war, in diesem Haus gehe es rechtschaffen zu bis auf den Grund. Für sie war es an der Zeit, das Schauspiel, sie verstünde die deutsche Sprache nicht, zu beenden.

Als sie an jenem Tag Frau Grabow im Musikzimmer allein wusste, trat sie zu ihr, richtete sich auf, legte wie im Gebet die Handflächen aneinander und sagte in fließendem Deutsch, wenn auch der polnische Akzent stark hindurchleuchtete, sie habe die liebe Frau Grabow die ganze Zeit belogen, sie könne das aber nicht weiter tragen, seitdem sie erfahren habe, wie ehrlich sie alle es mit ihr meinen und dass in diesem Haus nicht schwarz in weiß verkehrt würde. Die Erfahrungen, die sie bei anderen Leuten gemacht habe, hätten sie vorsichtig sein lassen. Nun sie aber wisse und und und, und sie wolle sie nie wieder hintergehen. Ein zweites Mal aber hätte sie eine Behandlung wie damals bei dem SS-Offizier nicht ausgehalten.

Lisa bekam bei solch einem Geständnis nasse Augen. Um aber ihre Rührung, nein, starke innere Bewegung nicht merken zu lassen, trat sie auf das Mädchen zu, berührte sie sanft an den Schultern und sagte nur, dass alles gut sei und sie solle sich deswegen kein Gewissen machen. Ihr Mann und sie selber hätten längst etwas gespürt. Schmunzelte auch darüber, bat sie aber, künftighin in allen Teilen ehrlich zu sein, sie wären es schließlich auch.

Von diesem Tag an durchzog ein neuartiger Klang das Haus. Sabina, befreit von einem inneren Druck, begann zu singen. Und sie sang bald, wo sie ging und stand, bei der Arbeit, im herbstlichen Garten, in ihrer Kammer. Und sie sang in einer Weise, als erfreue sie sich selber an ihrer wiedergefundenen Stimme, die sie lange, sehr lange hatte verstecken müssen.

Gewiss, der Klang ihrer Stimme war nicht der Erna Bergers oder Elisabeth Schwartzkopfs, und doch schwang ein verborgener Charme darin, der aufhorchen ließ. Freude sprang ans Licht, Wehmut, Seele. Und diese Innerlichkeit untersagte jedes Belächeln. Manchmal kam es Lisa an, wenn sie Sabina heimlich nachlauschte, als sänge das Mädchen nicht nur polnische Weisen. Lisa war Musikerin, sie kannte sich aus. Hier war nicht immer nur polnisches Volkslied, Heimatton, slawische Melodie. Manches klang erstaunlich fremd, dem Osten zugewandt, fremd und sehr sonderbar, fast zum Bewegen, zum Tanzen reizend. Derartige Gesänge hatte Lisa noch nie gehört. Um aber Sabina nicht ihre Unbefangenheit zu rauben, befragte sie sie nicht darum.

Horst hingegen setzte sich gerne zu ihr, um sie zu hören. Aber das gefiel dem Mädchen nicht. Billig ihre innersten Gefühle auf den Markt zu tragen, das war nicht ihre Sache. Und was verstünde der Junge wohl von dem Maß ihrer Sehnsucht, ihres Heimwehs, welche in ihren Liedern mitschwangen, als trügen sie sie davon.

Durch ihr Singen befreite sich Sabina von ihren Ängsten. Sie begann wieder zu lachen, machte hier und da ihre kecken Witzchen und lebte auf in einer Art, als sei sie neu geboren. Neuerdings hielt sie sich an den Musikabenden länger in der Küche auf als an den anderen Tagen. Dann lauschte sie der Musik, die drinnen erklang, gute, und gut gespielte Werke der Meister vergangener Jahrzehnte, saß da, den Kopf in die Hände gelegt, um zuzuhören, still und mit hungernder Seele. Einmal überraschte Frau Lisa sie, was der Sabina recht peinlich war, und sie suchte Worte, sich zu erklären. Frau Grabow nahm sie daraufhin einfach an die Hand und zog sie in das neben der Musikstube gelegene Zimmer, wies sie an, es sich hier bequem zu machen, und riet ihr, wenn sie es gerne habe, solle sie ungeniert dienstags hier sein dürfen. Hier höre es sich besser zu und sie störe hier niemanden. Außerdem meinte sie, Musik und Küchengerüche würden doch nicht gut zusammenpassen. Fragte aber auch, warum sie nicht schon lange gesagt habe, wie sie Musik entbehre, und ob das ein gewisser Nachholbedarf wäre, wie sie annehme. Sabina sagte darauf, ja, sie brauche die Musik, sie wisse nicht, warum, aber sie brauche sie. Die Wurzeln dessen lägen wohl in ihrer Kinderstube.

Eines Tages, als sich Sabina im Haus allein wähnte, ging sie, heimlich wie ein Dieb in der Nacht, ins Musikzimmer, trat an das Klavier, hob den Deckel und suchte mit einem spitzen Finger eine Melodie zusammen. Einstimmig erst und zaghaft, so als täte sie etwas Böses. Weil es aber still im Hause war und niemand hinter einer Tür lauschte, wie sie meinte, zog sie sich mit einem Fuß den Klaviersessel unter den Dubs, setzte sich und begann zu spielen, ein Lied, noch ein Lied und noch ein Lied. Und dann kam es über sie mit Macht. Als öffne sich das Tor einer verborgenen Welt und gebe ungeahnte Schätze frei, das längst Vergessene erlebte eine Auferstehung. Sabina fand den Anfang einer der Chopin'schen Polonäsen, das Gedächtnis der Ohren und der Fingermuskeln begann zu erwachen und sie ließ den Fingern ihren Lauf, einst eingeübt, vor langer, langer Zeit, unter Aufsicht ihres Professors. Sabina spielte wieder Klavier, wenn auch nicht brillant, nein, das konnte man auch nicht erwarten, aber doch mit einer lustvollen Freude, eines der mit Eifer studierten Werke des polnischen Meisters. Sabina spielte, und sie spielte nur für sich allein. Vergaß sich, verträumte Zeit und Stunde und vernahm nicht die Bewegung hinter sich, das Nahen dessen, der lange hinter der Tür gelauscht und ins Zimmer getreten war. Sabina erschrak heftig, als sie seiner gewahr wurde, und sah ihn böse an. Sagte, sie liebe keine solche Überraschungen, nächstes Mal solle er nicht so heimlich tun. Horst protestierte, so hätte er es nicht gemeint, und bat, sie möchte doch weiterspielen, Lieder und so, er fände das prima, und sie möchte singen, bitte.

„Nicht unter diesen Umständen", setzte sie entgegen und riet ihm, kein Wort darüber zu sagen. Sie würde es auch nicht wieder tun, hier eindringen und und und … Stand auf und ging hinaus.

Nun gibt es doch wohl kein Geheimnis, das nicht irgendwann einmal offenbar wird. Wie denn der Dichter sagt, die Sonne bringt es an den Tag. Der auf diese Begebenheit folgende Sonntag war dem Kalender nach der erste Sonntag im Oktober, als Erntedanktag bei den Christen bekannt. Die Nazis begingen ihn mit Bravur und Trommelschlag, großen Reden und Getue, die Grabows aber auf ihre Weise. Man könne, sagte Vater Grabow, einen Erntedanktag eigentlich nur mit schuldvollem Gewissen begehen, angesichts des Elends in der Welt. Es sei denn, man entlaste sich ein wenig durch das Teilen von Hab und Gut mit denen, die um uns sind. Alles andere wäre Betrug, wäre sogar Selbstbetrug. Mit dieser wohl zu verstehenden Begründung taten sie etwas, was sie nach den Verordnungen niemals hätten tun dürfen. Sie nahmen ihr polnisches Dienstmädchen hinein in die Tischmahlzeit und innerlich selber von diesem Augenblick bewegt faltete Vater Grabow, was er sonst nicht zu tun pflegte, die Hände und sprach Gott gegenüber einen Dank aus, einen Dank, der all das einschloss, was noch an Gutem in dieser schrecklichen Zeit zu nennen war. Dank für das tägliche Brot und für die bisherige Bewahrung.

Nun, das war das Eine, und das sollte wohl zu nennen nicht vergessen werden. Ein anderes aber drängte sich ins Gespräch. Horst, ein bisschen vorlaut, wie es sonst seiner Natur nicht entsprach, erwähnte, wie schön Sabina Klavier spielen könne, er habe es gehört, Friedrich Chopin und so.

Sabina blitzte ihn an. Vater Grabow fragte, ob das stimme. Nein, sagte sie. Doch, sagte Horst. Nein, sagte sie, nicht Friedrich Chopin, sondern Frédéric Franciszek Chopin. Ihr Professor hat sie gelehrt, die Deutschen klauen alles, auch Namen machen sie deutsch, und Chopin ist Pole. Immer noch. Geboren in Zelazowa-Wola.

Professor?, wollte Vater Grabow wissen, denn sie könne doch noch nicht studiert haben in ihrem Alter. Sie sei doch erst sechzehn oder noch jünger gewesen, als man sie aus dem Haus geholt habe.

Nun war für Sabina die Stunde gekommen, ein still gehütetes Geheimnis aufzudecken, ein zweites Geheimnis, nämlich das ihrer Herkunft. Und so erzählte sie von ihrem Vater, einem guten Mann, der sie am Klavier unterrichtet habe. Er sei Schullehrer für Deutsch und Musik gewesen und von ihm habe sie viel gelernt. Doch sei dieser nicht ihr natürlicher Vater gewesen. Der sei auf sonderbare Weise verschwunden, sei eines Tages nicht nach Hause zurückgekehrt, er und viele andere. Sie habe ihn kaum richtig kennengelernt. Und der Professor Szapinsky habe später den Klavierunterricht übernommen, um sie für die Aufnahmeprüfung in Lodz vorzubereiten, das Sprungbrett für die Hochschule in Warschau. Aber, naja, dies bliebe alles nur Träume. Die sind zerbrochen. Eigentlich wollte sie später Dolmetscherin werden, weil ihr der Vater gesagt habe, mit Musik könne man sich keinen Lorbeerkranz mehr verdienen, es gäbe zu viele gute Musiker. „Naja, und dann kam ja alles anders. Die Deutschen haben mir damals mein Leben zerstört, sie haben mich totgemacht." Sie frage sich aber, ob sie sich damit abfinden müsse, sie wäre doch auch ein Mensch, der leben wolle. Wenn sie verstünden, was sie damit meine.

Still war es daraufhin im Zimmer, so still, als befände sich niemand im Raum. Der Mutter zuckte es um den Mund, Horst blickte auf seinen Teller und begann zu verstehen, was zerstörtes Leben heißt. Schließlich sagte Vater Grabow, soweit es an ihnen läge, wollten sie nach Kräften in diesen arg verrückten Zeiten helfen, wie sie ihr Leben, wenn auch nur bruchstückhaft, wieder in die Hand bekäme. Mut haben, durchhalten sei die Devise, auch wenn es unmöglich zu sein scheint. Sie alle hier ständen ja bald vor einem ähnlichen Dilemma, denn der Wahnsinn kenne anscheinend keine Grenzen.

In Horst schien von diesem Tag an eine neue Saite zum Klingen gekommen zu sein. Es zog ihn, Sabina zu begegnen mehr und mehr. Jedoch vermied er es, dabei ertappt zu werden, so, als beginge er etwas, was das Licht scheuen müsse.

Mittlerweile hatte sich der Herbst ausgelebt, ein Winter mit seinen Unbilden wartete bereits vor der Tür, umwehte das Haus und drang mit seiner eiskalten Zunge in die kaum heizbare Kammer Sabinas ein, wo sie an den Abenden am Eisenofen hockte, die Beine angezogen, und stickte, nähte oder sonst was tat. Wenn Horst dann, still wie der Kater zu seinen Mäusen, zu ihr hinüberschlich und sich zu ihr setzte, erfreute sie sich an seiner Gegenwart. Sie öffnete sich ihm in ihrer Weise, erzählte von früher, ihrer Kindheit, dem elterlichen Schulhaus, und verlor sich in dem, was nicht mehr war. Als der Junge sie bat, ihn ein bisschen in der polnischen Sprache zu belehren, nahm sie das mit Freuden an. Es sollte auch nicht lange währen, da fand er sich in manchen Wendungen gut zurecht, lernte die Grüße der Tageszeiten zu verwenden und den tiefen Sinn des Rufes „Jeszcze Polska nie zginla" zu begreifen – noch ist Polen nicht verloren –, und Sabina bat, es sehr deutlich auszusprechen.

Die beiden hatten so manches miteinander zu bereden und sie verstanden sich, wie junge Menschen es gewöhnt sind, in Rede und Gegenrede. Der Themen waren viele. Sabina fragte einmal, und er sollte ihr auf Ehre und Gewissen Antwort geben, was er von ihr hielte, ob sie bei ihm Waschfrau und Putzweib wäre oder was, oder ob er in ihr einen vollwertigen Menschen erkenne.

Horst fand diese Frage idiotisch und völlig überflüssig. Sie, Sabinka, sei prima, sie wäre für ihn keine Polin mit dem dämlichen P am Mantel, sondern seine kochana Sabinka, seine liebe Freundin. Ob sie das nicht wisse, und warum sie danach frage.

„Kochana Sabinka", entfuhr es ihr. „O Horst, wie du das sagst! Sag das noch mal, ja? Ich habe dieses Wort, weißt du, seit dem Tag nicht mehr gehört, an dem sie mich geholt haben."

Da geschah, was geschehen musste. Horst rückte so dicht an das Mädchen heran, dass er sie fühlen konnte, legte seinen Mund an ihr Ohr und hauchte: „Kochana Sabinka." Dann drückte er sie an sich und einige Atemzüge lang berührten sich ihrer beider Wangen, warm und wohltuend. Zum ersten Mal in seinem Leben nahm der Junge den Atem wahr, der aus den Lippen eines Mädchens ging, als sie den seinen nahe kam. Ein einziges Mal nur. Dann rückte sie von ihm ab und hob die Hände, als wollte sie sich gegen etwas Unsichtbares wehren. „Horst", sagte sie, „Horst, Hakenkreuz und P, die beiden vertragen sich nicht." Und sie flehte ihn an, er möge diese gefahrvollen Sekunden ihrer beider Geheimnis bleiben lassen. Oh, wenn das herauskäme!

Brachte die Sonne auch dieses an den Tag? Mutter Lisa musste wohl an dem Verhalten ihres Jungen etwas gespürt haben, was sie nun gedankenvoll verfolgte. Sie zog ihn sich zur Seite und sagte ihm auf den Kopf zu, dass er wohl eine Schranke überschritten habe, die zu ignorieren für alle im Haus, nicht nur für ihn und Sabina, zum Verhängnis werden könne. Er solle sich das wohl überlegen. Er läse doch selber in den Zeichen der Zeit, wie es stünde um sie alle. Sie versprach, sie würde mit Sabina nicht darüber reden, werde aber auf ihn, ihr Söhnchen, ein wachsames Auge werfen.

Die Tage liefen weiter dahin, still, konsequent, wie das Ticken der Uhr. Böse Nachrichten lösten einander ab, von einem Sieg wurde schon mit verhaltener Ironie gesprochen, der Schnee bedeckte Gärten und Straßen, und die Welt steuerte auf das Weihnachtsfest zu, besser gesagt auf die Weihnachtstage, denn von einem Fest durfte ja wohl kaum noch die Rede sein. Was sollte man denn feiern?

Wenige Tage vor dem vierten Advent nämlich war über die Stadt die Hölle gefallen, so als wäre sie Sodom und Gomorrha. Mitten in der Nacht durchriss das ohrenbetäubende Geheul der Alarmsirenen die Stille, die über den Dächern lag. Ein Ungewitter zog sich zusammen, Motorengedröhn über den um ihr Leben rennenden Menschen, flüchtig bekleidet nur, und schon fing es an, das Pfeifen, lauter, drohender, und dann die höllischen Knalle, das Rauschen zusammenstürzender Häuser, brandenden Wogen an Felsenklippen gleich, dazu das helle Klingen aufschlagender Granatsplitter auf dem Straßenpflaster. Die Grabows schafften es noch in letzter Sekunde, den im gegenüberliegenden Hause sich befindenden Keller zu erreichen. Die Bomben hatten sich ihre Ziele in nächster Nähe gesucht und wehe dem, der nicht jetzt ein Dach über dem Kopf hatte. Im Keller hockten sie zusammen, etwa vierzig Männer, Frauen, Kinder und Alte, fragend mit dem Ohr zum

Himmel, die Gesichter voller Angst, verdammt zum tatenlosen Abwarten. Warten worauf? Irgendwann schien es draußen zur Ruhe kommen zu wollen, das Dröhnen ließ nach. Notbeleuchtung im muffigen Raum ließ zaghaft neuen Mut aufglimmen, zu hoffen, noch einmal davongekommen zu sein. Aber da stand einer, ein dürres Gestell Mann, der überall sein Wörtchen meinte mitreden zu müssen, der typische Vertreter jener, denen das Maul nicht groß genug sein konnte. Dessen Blick fiel plötzlich auf Sabina, er zeigte mit dem Finger auf sie und rief, solche Menschen sollten nicht mit ihnen den Raum teilen dürfen. Man schwieg, man sagte nichts, aus Vorsicht? Der Kerl drückte nach und forderte die Entfernung des Mädchens aus dem Schutzraum. Man schwieg, man sagte nichts. Vater Grabow fasste Sabinas Hand und drückte sie fest. Das hieß, sie möge diesen Quatschkopf reden lassen, der wäre nicht richtig im Kopf. Als dieser seiner Forderung aber Nachdruck verlieh mit Worten wie Pack und Gesocks und diese Polen wären an allem schuld, sie hätten den Krieg über sie gebracht, vermochte Mutter Lisa nicht mehr an sich zu halten. Mitten in dessen schon unvergebbaren Beleidigungen, auch Grabows gegenüber, sprang Lisa auf ihn zu, packte ihn am Mantel und schrie ihm ins Gesicht mit einer Stimme, an Hysterie grenzend, er solle auf der Stelle sein dreckiges Maul halten, sonst würde sie ihm eigenhändig …

Was sie hatte sagen wollen, erstarb im Knall einer Explosion. Das vierstöckige Wohnhaus war getroffen worden. Rauschen, Rollen, Schüttern … die Etagen fielen in sich zusammen und begruben, was unter ihnen war. Staub, lichtlose, schreckliche Dunkelheit. Der Tod kann nicht so furchtbar und schrecklich sein wie dieses Lebendig-Begrabensein. Das, was sich hier in den nächsten Minuten ereignet hat, möchte um seiner Schrecklichkeit willen verschwiegen werden. Wie die Grabows, die Eltern, Sabina und Horst, so gut wie unversehrt nach langem Herumirren ins Freie geraten waren, wussten sie selber nicht zu sagen. Von dem Mann aber im Keller, der sich der Luftschutzwart nannte, wusste man mehr. Mit eingeschlagenem Schädel, vermutlich von einem Balken oder Stein getroffen, zog man ihn Tage später ans Licht und begrub ihn mit tausend anderen, rasch und ohne Aufsehen.

Das kleine Haus in der Kastanienallee hatte dank des Schutzes der großen Bäume den Druckwellen der Detonationen standhalten können. Zerbrochene Scheiben wurden rasch durch Pappe ersetzt und die Zimmer behelfsmäßig hergerichtet. Horst hatte aus dem Wald einen bescheidenen Tannenbaum gekauft. Es sollte doch Weihnachten werden. Trotz Krieg. Trotzdem!

Mit wenigen Kerzen versehen, flüsterte das Bäumchen etwas von dem, was hätte sein können, was aber nicht war. Über Geschenke braucht nicht gesprochen zu werden. Friede auf Erden und den Menschen ein Wohlgefallen wurde zu einem musealen Wort, das in der Bibel stand, das in anderen Sphären wohnte. Und doch unterschied sich dieser Abend von allen anderen des Jahreslaufs. Er trug sein eigenes Gesicht, auf den Flügeln der Musik fand er seine Form, seinen Weg und Platz. Selbstverständlich gehörte Sabina an diesem Abend zu ihnen wie ein Glied der Familie. Und in welcher Weise feierten die Grabows diesen unheiligen Heiligabend? Mutter Lisa saß am Klavier, Vater hatte das Cello genommen, und dann wurde musiziert. Was wohl anderes? Da gab es die hübschen Variationen Mozarts über die Melodie des „Morgen kommt der Weihnachtsmann", da gab es die Variationen Beethovens über Händels „Tochter Zion" aus Judas Makkabäus, da gab es schlichte, einschmeichelnde Lieder, Weisen, die, der Romantik entnommen, über die Schrecken der Zeit hinwegzuträumen halfen. Sabina schwieg, kannte sie doch diese Lieder nicht. Aber sie lebte mit ihnen, und auch das war schön. Doch dann, als jenes Lied, das seinen Weg durch die Welt und in vielen Sprachen gefunden hatte, das jener stillen, heiligen Nacht, da brach etwas auf, etwas Ungeahntes. Die ersten Töne dieses Liedes erklangen, da stimmte Sabina ein und sang, und ihr scharfer Mezzosopran blieb für Augenblicke die einzige Stimme im Zimmer: „Cicha noc, szwięta noc", Stille Nacht in ihrer Heimatsprache, wie sie es als Kind gesungen hatte, Jahr für Jahr, bis man sie ... Aaach! Schon schossen Tränen über die Wangen, aus heißer Quelle strömend, tropften auf die Kleidung und waren nicht mehr aufzuhalten. Die Stimme brach, die Kehle schnürte zu wie unter hartem Handgriff, Sabina stürzte zur Tür und lief hinaus aus der Stube und hinterließ schmerzhafte Befangenheit.

„Müssen wir verstehen", meinte Vater Grabow sagen zu müssen und warf, als erkläre er Konkurs, die Arme auseinander. „Nach alledem, was sie hat durchstehen müssen. Wissen wir, was uns noch bevorsteht?"

Auf Lisas Frage, ob sie ihr nachgehen solle, riet er, es wäre für sie besser, jetzt mit sich allein zu sein. Stille um sie wäre jetzt die richtigere Medizin.

Dem Horst aber sprang das Herz aus den Sielen. Frage niemand, warum. Er wüsste es wohl selber nicht. Sie muss doch nicht gleich heulen. Und das soll Weihnachten sein? Er müsse mit ihr reden, ganz bestimmt. Und als er nachher sicher war, die Eltern wären zu Bett gegangen und schliefen, schlich er aus dem Haus, hüpfte hinüber und klopfte leise an Sabinas Kammertür.

Hatte sie ihn erwartet? War sie sich so sicher, dass er kommen würde? Angekleidet saß sie da, mit fragenden Augen blickte sie ihn an, Augen, die ihre eigene Sprache redeten. Sie sagte nichts, kein Wörtchen sagte sie, stand nur auf, trat ihm entgegen und schlang ihre Arme um ihn, fest, ganz fest. Wange an Wange gelegt, verharrten die beiden dann, ohne auch nur einen Finger zu rühren, viele Minuten, unbeweglich. Plötzlich aber, als sei ihr ein Schrecken angekommen, löste sie sich von ihm, drückte ihn auf den Stuhl und baute sich vor ihm auf wie ein Standbild. Und mit gepresster Stimme brachte sie heraus, sie müsse wieder eine Lüge gestehen, aber dies sage sie nur ihm, nur ihm allein. Sie trüge ein Geheimnis mit sich herum, ein heiliges Geheimnis, das in ihr laste, das sie preisgeben müsse. Horst sei so lieb zu ihr, sie könne, sie dürfe ihn nicht belügen. Da fragte er, was in sie gefahren wäre, sie könne ihm doch alles sagen, er könne doch sein Maul halten.

Einen Augenblick sah sie ihn an, als sähe sie durch ihn hindurch. Dann riss sie seinen Kopf an ihre Brust, drückte ihn, strich über ihn wie über den Kopf eines Kindes, und Horst hörte den heftigen Schlag ihres Herzens. Dann sah sie ihn an und sagte, und auf ihrer Stimme lag es wie ein Stein:

„Damit du's weißt, Horst. Ich bin Jüdin. Jüdin, verstehst du? Mein Name, meine Papiere sind falsch. Ich trage einen anderen Namen. Mein erster Vater war deutscher Jude. Ich habe ihn nie, nie vergessen können. Und nun du das weißt, kannst du mich verdammen. Schmeiß mich weg, du, wie die andern es auch tun. Los, weg, weg mit der jüdischen kochana Sabinka."

„Das ist mir doch drecksegal! Du bist meine Freundin, du bist meine erste Liebe, du, du, du." Und schraubte seine Arme wie eiserne Zangen um sie, wie um sie niemals mehr zu lösen.

Sabina Kopicka, verdeckt unter diesem angenommenen Namen, geführt als polnische Zwangsarbeiterin in einer sie stetig verfolgenden Liste, jüdischer Abstammung, unter dem Zeichen des Hakenkreuzes mit einem diffamierenden P lebend, ihr Herz einem Jungen zugewandt, der mit diesem bösen Zeichen gefährlich jonglierte. Gab es Verwirrenderes unter Gottes Himmel?

Wenige Tage nur währte dieses heimliche Glück. Unmittelbar nach Neujahr hatte das „Amt" zwei Frauen geschickt mit dem Auftrag, das Mädchen, die Polin Kopicka, zu holen. Die Verträge mit der Familie Grabow hätten ja den Wortlaut „bis auf Widerruf" zum Inhalt. Es gäbe, sagen die Frauen, Verfügungen, an die sich jeder zu halten habe. Eine Begründung indessen gab es nicht. Jedes Widersetzen wäre von vornherein unsinnig gewesen. Der Mensch hat zu gehorchen. Eine halbe Stunde zum Packen ihrer Sachen gestand man dem Mädchen zu, eine Zeit, die die Frauen im Grabow'schen Haus zu warten hatten. Nicht in einem der leidlich erwärmten Zimmer. O nein, sondern draußen im kalten Flur, dort durften sie stehen, die beiden.

Wie eine halbe Stunde verrinnen, verrauschen, ersterben kann, das weiß nur der zu sagen, dem sie als Gnadengeschenk verliehen wurde. Vater Grabow war nicht im Haus gewesen, als das geschah. Er erlebte Sabinas Auszug nicht mit. Horst, weil noch Zeit der Schulferien, schnaubte vor Wut und Zorn, und er hätte die beiden Weiber am liebsten in Stücke zerrissen, zerhackt und geviertelt. Für einen Augenblick fanden die beiden jungen Menschen zusammen. Es kann hier nicht wiedergegeben werden, weder mit Worten noch mit noch so mitfühlenden Schriftzeichen, wie, Kopf an Kopf gelegt, jeder seinen Schmerz ausheulte, wie eine Hand die andere suchte, wie Sabina ihrem Freund ins Ohr gab:

„Schalom, kochani Horsti, schalom. Wir werden uns nie wiedersehen. Schalom."

Und sie sollte Recht behalten.

Sabinas Weg zu verfolgen, wohin man sie gebracht hat, was man ihr anzutun gedachte, das zu erfahren war nicht möglich. Das „Amt" schwieg sich aus, tat dumm und erhaben. Und nur langsam sickerte aus einem verborgenen Kanal das Gerücht, mehr als Vermutung denn als Wissen: Die Szene seinerzeit im Luftschutzkeller habe aufmerken lassen und bei den Genossen verdammten Ärger hervorgerufen. Die Polin hätte es sich selber zuzuschreiben und außerdem – man habe die Grabows schon seit Längerem auf dem Kieker.

Heute aber wissen wir, und das aufgrund archivalischer Nachforschungen, dass Sabina Kopicka die letzten Kriegsjahre überlebt hat. Eine Spur führt nach Schlesien. Von dort hatte sie nach ihrer Heirat und unter Annehmen des Namens ihres Gatten Europa verlassen, um in Kanada Wohnung zu nehmen. Darüber hinaus aber war nichts mehr zu erkunden. Und die Kastanienallee trägt seit Langem den Namen des polnischen Poeten Adam Mickiewicz.

Der kleine Ornithologe

Damals wohnte mein Schwiegervater noch bei uns. Ihm genügte oben das kleine Stübchen, in dem er sich gerne vergrub, zugedeckt mit Büchern, Zeitschriften und Präparaten. Wir nannten ihn im Blick auf unsere Kinder kurz Opa – das gebührte nicht nur seinem Alter, sondern mehr eigentlich dem großväterlichen Wissen, das manchem Gespräch hier und da eine Prise Weisheit dazusetzte.

„Frag mal Opa, der weiß das!", hieß es oft; und wir wunderten uns nicht, wenn kurz entschlossene Frager dann für Stunden unseren Augen entschwanden: Opas dozierende Hand oder seine Erfahrungsberichte hatten sie dann festgehalten. Vorsorglich vermied ich es daher, ihn wegen einer „kleinen Frage" in seinem Kämmerlein aufzusuchen. Mir genügte die knappe Begegnung auf dem Flur.

Opa war unter vielem anderen auch Biologe, zwar kein Akademiker, aber keineswegs ein übler Dilettant – schon gar nicht auf dem weiten Gebiet der Vogelkunde. Fachzeitschriften wurden Wort für Wort durchbuchstabiert, die Inserate ausgewertet, neue Abonnements aufgenommen, Vogelzüge beobachtet – kurz, der ganze Zweig dieser schönen Wissenschaft weitestgehend erfasst. Als Präparator belieferte er Schulen und Museen mit herrlichen Exemplaren unserer nordischen Heimatvögel, wobei er jedoch von Zeit zu Zeit verunglückte Werkstücke unseren Kindern zum fröhlichen Studium in die Zimmer schob, wo sie dann mit steifem Blick ihr Gefieder dem Staub zum Ruheplatz darboten – zum Verdruss der Hausfrau, versteht sich. Opas Name wurde in Fachkreisen mit Ehrfurcht genannt, seine Veröffentlichungen erregten Aufsehen.

Eines Tages klingelte es. Zwei Männer standen vor unserer Tür, stellten sich vor und fragten nach dem Herrn Präparator, sagten, sie brächten sechs Kormorane, und setzten eine Kiste ab. Die Vögel darin mussten vermutlich noch sehr lebendig sein, was nicht nur das Scharren und Gnurpsen verriet, das diese Tiere auf beengtem Raum wohl an sich haben, sondern auch das, was durch die Ritzen des Bodens sickerte: Es zeugte aromatisch und unzweideutig von ihrem Wohlbefinden. Weißglitschig überquoll es den Teppich, sparsam zugedeckt von herzlich beteuerten Entschuldigungsversuchen der beiden Gäste. Zwei der Vögel dürfe der Herr Präparator behalten, dafür die übrigen ausgestopft dem Institut überlassen. Man habe, so war zu erfahren, in der Kolonie am Strelasund diese prächtigen Fischräuber extra gefangen – extra für ihn, den Herrn Präparator.

Opa war gerührt und begann sein Werk gleich am nächsten Tag. Auf dem Boden hingen alsbald neben der Wäsche vier ausgehöhlte Bälge am langen Hals und verdufteten ihren Alaungestank mit dem süßen Seifenparfüm der Oberhemden um die Wette. Die beiden lebenden Kormorane aber wurden in einer rasch zusammengehauenen Bucht des Schafstalls der Fürsorge der Familie aufgebürdet; was bedeutete, dass täglich mehrere Heringe erstanden, bezahlt, eingewickelt, transportiert und verfüttert werden mussten – eine Prozedur, der man sich nur wenige Tage unterziehen mochte.

Opa meinte, es wäre wohl gut, die in der Freiheit aufgewachsenen Tiere wenigstens ab und zu ihrem eigentlichen Element zu übereignen – was schließlich dergestalt geschah, dass beide Vögel, mit einer Angelsehne um einen der watschligen Flossenfüße gebunden, die Dorfstraße entlang zur Slipanlage getrieben wurden, wie bei Wilhelm Busch des Bauern Schweinchen. Dort konnten sie ihre verklebten Federn im Fluss reinigen. Begreiflicherweise strebten sie, kaum ins Wasser gelassen, mit schlagenden Flügeln vom Ufer fort, woraufhin ihre Schwimmmeister, unsere Kinder, die Angelsehne zurückzogen – zum Gaudium der Umstehenden, die den seltsamen Anblick schwanzseitig voranschwimmender Vögel ganz offensichtlich genossen.

Ich selbst aber verwahrte mich gegen diese Schindluderei, griff mir eines Tages die beiden Tierchen, steckte sie, weil sie mich bissen, in einen Sack und trug sie dem Wasser zu. Dort entflogen sie mit majestätischem Schwung. Die blassen Kreise aber auf dem Flurteppich sind bis heute beredtes Zeugnis der seltsamen Gäste und ihrer Verdauungsaktionen.

Weiß der liebe Himmel, wir wollten Opas Kreise nicht stören! Wir naschten ja selbst die Ruhmeskrümel, wenn man ihn in unserem Hause aufsuchte, um sein enormes Fachwissen zu beanspruchen.

So geschah es eines Tages, dass wieder einmal – und zwar zur Unzeit – die Klingel gedrückt wurde. Es war am 24. Dezember, genau um halb vier Uhr nachmittags. Ich konzentrierte mich auf die Weihnachtsansprache, die ich üblicherweise in voll besetzter Kirche zu halten hatte. Niemand durfte mich jetzt ablenken. Meine Frau hatte die letzten Handgriffe im Festzimmer vollendet und begann sich für die Christvesper umzukleiden. Die Kinder zankten sich und waren, wie Opa zu sagen pflegte, unleidlich. Er selbst schien in seinem Zimmer mit Papier beschäftigt zu sein, es knisterte und raschelte – was am Weihnachtsabend sicher eine besondere Bewandtnis hatte, denn Opa tat es lange und ausdauernd.

Als es klingelte, dachte ich, meine Frau ginge hin. Als es zum zweiten Mal klingelte, dachte ich, die Kinder müssten es ja hören. Beim dritten Mal klingelte es zweimal. Ich war nahe daran, laut zu schimpfen und das Unverständnis der Leute anzuprangern, doch unterließ ich es, weil es sich immerhin auch um einen Trauerfall hätte handeln können – und außerdem, es war ja Weihnachten! So schritt ich gefasst der Korridortür zu, an der die Klingel eben ein viertes Mal anschlug. Ich öffnete.

Vor mir stand ein Junge, vielleicht fünfzehn Jahre alt, ohne Mantel, ohne Mütze und ohne Handschuhe, trotz des Winterfrostes. Treuherzig blickte er mich aus taubengrauen Augen an, als er mir guten Tag bot.

„Ich heiß Herbert und komm aus Zittau."

„Ja, kommen Sie rein. Was gibt's?" Ich war kurz angebunden.

„Sie können ruhig Du zu mir sagen. Ich bin nämlich nich so empfindlich. Sind Sie der Präparator? In dem Inserat…"

„Nein, bin ich nicht. Moment mal. Ich geh ihn rufen, aber wir müssen gleich weg. Opa, komm mal!", rief ich laut die Treppe hoch. Opa aber sagte, er könne nicht, er habe noch zu tun.

Ich geleitete den zu dieser Stunde wirklich nicht willkommenen Gast ins Festzimmer, bot ihm Platz und beriet mich mit meiner Frau, die ziemlich ratlos war. Dann raste ich zu Opa hinauf.

„Nun komm doch endlich! Da ist Besuch für dich. Ein Junge, er fragt nach dir."

Opa stapfte die Treppe hinunter. Ich wurde Zeuge folgenden Gesprächs:

„Tach, mein Jung, was willste?"

„Ich such den Präparator. Ich hab die Annonce gelesen. Jetzt, wo ich Schulferien hab, solln Sie mir das Ausstopfen beibringen. Ich hab jetze Zeit."

„Mann, wie kommst du mir vor! Jetzt zu Weihnachten! Da bleibste gefälligst zu Hause bei Muttern."

„Der isset egal, wo ich bin. Vater sitzt."

„Und wo willste bleiben heut Nacht? Heut ist doch Weihnachten. Biste etwa ausgekratzt?"

„Mach ich öfter. Und schlafen brauch ich nich. Ich bin Naturmensch. Die Philosophie der Aufklärung …"

„Nu red man kein krauses Zeug!", fiel Opa ihm ins Wort. „Willst wohl einen Stall suchen und Bethlehem spielen, was?"

Ich wurde ärgerlich über diesen Narren. Verlässt der Junge zu Weihnachten seine Mutter, um sich anderen Leuten vor die Tür zu legen. Ich sagte barsch:

„Opa, wir müssen jetzt gehen! Herbert kann ja mitkommen."

„Etwa in die Kirche? Nee, deswegen bin ich nich hergekommen. Sie können ja gehn. Ich bleibe hier, wenn Sie erlauben."

Meiner Frau, die bei den letzten Worten herzugetreten war, schien das nicht recht zu sein. Ich indes zog mich zurück. Die Unterbrechung meiner Gedankenarbeit hatte mich aus dem Gleis geworfen, ich war kribblig.

Nachher in der Kirche sah ich ihn für einen Augenblick dann doch an der Emporenbrüstung lehnen. Mir fiel ein Stein vom Herzen. Meine Frau hatte ihn also überredet. Ein wildfremder Mensch im Hause, das wäre ja auch …! Allein die Sache nahm einen unerwarteten Verlauf. Da er und Opa als Letzte das Haus verlassen hatten, musste er den alten Herrn anscheinend bewogen haben, ihm den Hausschlüssel anzuvertrauen. Er entschwand während der festlichen Chorgesänge, als niemand auf ihn Acht haben konnte, unberührt von der feierlichen Erhabenheit der Stunde, und knirschte über den gefrorenen Schnee zurück dem Hause zu, um dort recht seltsam zu agieren.

Niemand hatte ihn beobachtet bei alldem, was er in den nächsten dreißig Minuten trieb. Ob er Weihnachtslieder gesungen hatte? Ich bezweifle es. Hatte er die Schubladen durchstöbert? Ich bezweifle auch das. Was er wirklich getan hatte, erkannten wir bei unserer Rückkehr auf Anhieb – mit entsetzten Augen …

„Was ist denn hier los?", stöhnte meine Frau, als sie ihre Weihnachtsstube sah. Auf dem Teppich lagen nachlässig verstreut Federn, Holzwolle und Strohfasern. „Entschuldigen Sie, ich hab mir mal die Präparate angesehn. Die interessiern mich nämlich. Man muss als Forscher überall forschen, egal, was die andern dazu sagen. Ich hab da nämlich gemerkt …"

Der Mutter wurde flau. „Wir räumen das jetzt weg. Die Kinder sollen ihre Bescherung haben. Vati, sprich ein Machtwort! So geht das doch nicht!" War das Unverfrorenheit, Naivität, oder hatte er einen Klaps?

„Herbert", sagte ich, „du bist sicher ein guter Jung, aber was soll das! Du hast die Tiere hier auseinandergenommen. Überall liegt der Dreck rum und die Federn alle. Man kann doch nicht einfach die Bälge öffnen! Sich ungefragt an Opas Präparaten vergreifen! Ich muss doch sehr bitten!"

Tatsächlich lag das Federkleid der alten Schleiereule, der Dohle, des Goldfasans und des Eichelhähers aufgeschnitten auf der Tischdecke. Er hatte ihnen den Holzwollkorpus herausgenommen und den Staub auf der blütensauberen Decke des Weihnachtstisches ungleich verteilt, zum Rande hin etwas weniger als in der Mitte.

„Du bist verrückt!", herrschte ihn Opa an. „Was hast du mit meinen Viechern gemacht!"

„Ich will doch studiern, wie Sie den Korpus binden", sagte er, als sei nichts dabei. „Übrigens is hier bei der Dohle ein Fehler. Der Kropf muss dicker sein. Ich hab das mit meinem Buch verglichen ..."

Ich trat dazwischen: „Ich bitte euch inständig, lasst das jetzt! Die Kinder brauchen uns. Wir feiern jetzt Weihnachten. Es ist dir freigestellt, ob du gehen willst oder nicht." Es schien mir furchtbar hart, was ich gesagt hatte, und ich fügte, mit der Rechten dirigierend, hinzu: „Jawohl! Und ich stecke jetzt den Baum an. Die Kinder sollen endlich – Mutti, hör doch – ihr Geschrei lassen und sich die Hausschuhe anziehen!"

Meine Frau hatte dem Jungen geraten, sich die Hände zu waschen, das Klo sei gerade frei. Er meinte aber, dass das noch Zeit habe und außerdem nicht notwendig sei. Zudem müsse er sich mit Opa unterhalten; dazu sei er angereist.

Opa hatte sich mit Recht zunächst über die Art, wie der Junge auftrat, geärgert, doch schlug der Ärger in Verwunderung und bald in offenkundige Sympathie um. Er spürte in allem, was jener sagte und fragte, ein beeindruckendes Wissen; schien es doch kein Fachbuch zu geben, das er nicht kannte, keine Vogelwarte, die er nicht besucht hatte, keinen Vogel, den er nicht zu bestimmen vermochte. Er wolle, so deutete er an, später Ornithologie studieren und sich aus diesem Grunde, zumal seine schulischen Leistungen nicht genügen würden, frühzeitig qualifizieren.

„Wir Menschen sind verbürgerlicht. Ich kämpf dagegen an. Ich brauch keine Feste. Ich brauch die Natur. Alle sollten meinem Beispiel folgen!", lehrte er uns mit glühenden Augen.

Da fiel mein Blick auf seine Füße. Er trug durchgelatschte Schuhe und – bei dieser Jahreszeit! – keine Strümpfe. Meine Frau bemerkte meinen leisen Wink, schüttelte verständnisvoll ihr Köpfchen und ging zwei

Paar Wollsocken holen. Sie sollten dem Jungen bei der Bescherung der Kinder zum Geschenk werden.

Während wir dann unsere Lieder sangen, hatte sich Opa in die Sofaecke gedrückt, die Beine übereinandergelegt und sich dem jungen Gast zugewandt. Ihr Tuscheln machte mich nervös. Ich zischte mehrmals hinüber, sie mögen nun endlich still sein, die Kinder seien jetzt dran. Indes, Fetzen ihrer Unterhaltung krochen weiterhin in mein Ohr, wenn etwa Opa mit schulmeisterlicher Miene lobte:

„Du bist goldrichtig, mein Jung, mach so weiter, mach so weiter. Und frag nur tüchtig! Von mir altem Mann kannste noch viel lernen."

Sie schwatzten von diesem und jenem, und während die Kinder das Lied von der Weihnachtsnachtigall sangen, fachsimpelte man in der Stubenecke auf dem Sofa über den Unterschied von Kleiber und Baumläufer, und die hochoben jubelnden Engeleinchöre erlebten hier unten recht merkwürdige Zusammenstöße mit dem Fisch- und Seeadler.

Mir reichte es. Ich war sauer. Opa wenigstens hätte es besser wissen müssen, hätte auch mal schweigen können! Ich blickte ihn missfällig an. Herbert aber blies in die peinliche Stille hinein:

„Interessant, interessant. Da kann ich aber nur zwei Tage hierbleiben. Die Horste muss ich sehn!" Niemand hat dich eingeladen, dachte ich, niemand wird dich halten! Laut sagte ich: „Nun kommt die Bescherung. Seid wenigstens jetzt ein bisschen still!"

Die Kinder waren ganz eckig, wie das dann so ist. Herbert nahm keine Notiz von seiner Umwelt und sprach auf Opa ein. Die gespendeten Wollstrümpfe griff er wie abwesend und ließ sie auf meinen bunten Teller gleiten, seinen begonnenen Satz nur mit einem leisen „Danke" unterbrechend; bis Opa Herberts Monolog über die Lumme, Trottellumme, den Alk und alle Flossenfüßler mit energischer Straffung seiner Miene abbrach und sich hoch aufgerichtet – eine Ansprache stand zu erwarten – der Familie zuwandte.

„Ihr lieben Kinder, liebe Mutti, lieber Schwiegersohn. Als ich noch jung war …"

Die Situation schien gerettet.

Herbert nahm hernach am gedeckten Tisch Platz. Meine Frau ermutigte ihn, sich mit den schönen Festtagsspeisen zu bedienen. Er aber ließ sich von unserem Jüngsten eine Mohrrübe aus dem Keller holen, erbat ein Glas Wasser, um uns über die Vorzüge der Vitamine und der ursprünglichen Lebenselemente zu belehren. Ich schluckte dabei missvergnügt mein Glas Bier. Opa stimmte ihm wohlwollend zu, indes die Mutter um des lieben Friedens willen schwieg. Herbert begab sich gleich nach dem Essen wieder auf die Pfade seiner wissenschaftlichen Studien, nahm Opa in Beschlag und tauschte bis in die tiefe Nacht hinein Wissen und Gegenwissen aus; und Opa gestand, er hätte nie in seinem Leben einen gelehrigeren Schüler gehabt als diesen Jungen.

Mit eigener Hand nähte unser rätselhafter Gast am nächsten Tag die zerfledderten Bälge zu, präparierte eine erfrorene Möwe und versuchte sich an den Trümmern des rosaroten, stelzbeinigen Flamingos, der als unfertiges Präparat – zu Opas täglicher Anfechtung – in der Räucherkammer gelegen hatte.

Mich beunruhigte dieser Junge im Tiefsten. Er machte mich ratlos. Ich fragte meine Frau, ob sie nicht auch meine, dass bei ihm etwas ausgehakt sei.

„Opa hält ihn für ein Genie", erwiderte sie. „Aber die Grenze zwischen Verrücktheit und Genialität ist nicht immer erkennbar."

Am Abend des zweiten Feiertages – draußen verhing sich der letzte blasse Dämmerschein in den starren Ästen der Friedhofsbäume – trat er unvermittelt ins Wohnzimmer. Der Tannenbaum lächelte auf, als wollte er etwas sagen, verhielt aber vor Herberts beispielhaft seltsamen Worten die Stimme.

„Ich möcht mich verabschieden, meine Studien sind abgeschlossen. Hier sind die Strümpfe. Ich trag keine. Ein gesunder Geist kann nur in einem der Natur zugewandten Körper wohnen." So ähnlich sprach er und schloss mit „Schönen Dank für die zwei Tage!"

Ich riss die Augen auf: „Wo willst du hin jetzt abends? Es sind fünfzehn Grad. Du kannst doch nicht bei dieser Kälte …"

„Friern is Einbildung. Der Wille is alles. Ich geh mich warm."

„Und wohin? Wir dürfen doch fragen?" Sein Enthusiasmus schien wirklich krankhaft zu sein. Wir sollten ihn nicht laufen lassen, dachte ich.

„Ich besuch die Adlerhorste an der Küste."

„Aber Junge, bleib doch wenigstens in der Nacht im Warmen. Morgen kannst du meinetwegen gehen."

Da stand er nun, unser Weihnachtsgast, den kleinen Schnappsack auf dem Rücken, den verlausten Flamingobalg unterm Arm, mit schmuddliger Hose, barfüßig in den knochenharten Lederschuhen. „Nimm wenigstens die Handschuhe!", sagte meine Frau und sah mich ratlos an.

„Lass ihn nur", meinte Opa, „der Junge ist richtig, ist goldrichtig!" Und zu ihm gewandt: „Von denen eine Hand voll mehr, und um die Zukunft ist mir nicht bange. Mach weiter, mach weiter so, mein Jung!"

Die Augen Herberts glänzten seltsam. Mir aber war gar nicht wohl in meiner Haut.

Am nächsten Morgen klingelte das Telefon. Die Nervenklinik fragte an, ob wir verwandtschaftliche Beziehungen zu einem Herbert N. hätten, aus Zittau. Polizeilich eingewiesener Patient habe angegeben, ein geistiges Kind des Herrn Präparators aus dem Dorf am Deich zu sein. Und gegen Morgen sei der Junge mit einem toten Schwan oder Storch oder einem ähnlichen Vieh, in der Eiseskälte des Schnees kauernd, aufgefunden worden.

Gott sei Dank, dachte ich, nun hat er wenigstens ein warmes Zimmer! Musste es erst so kommen? Hätte man nicht einfach die Klingel überhören können? Wir hätten doch einfach … oder andersrum, man hätte …

Ich machte mich sofort auf, ihn in der Klinik zu besuchen, erwarb die Entlassung zu uns nach Hause und benachrichtigte die Mutter. Er war einer unserer unvergesslichsten Gäste, der kleine Ornithologe.

Weihnachten

Weihnacht? – Für mich ein großes Fragezeichen.
Zweitausend Jahre sind vorbei, dahin.
Weihnacht? – Ein Spiel, mit keinem zu vergleichen,
ein Spiel aus frommen Denkbereichen,
weltweit. – Ich frage nach dem Sinn.

Ein Mensch im wohlbekannten Bethlehem,
im Stall, wo Ochs und Esel wohnen,
in einer Krippe, immerhin bequem,
erblickt das Licht der Welt, zudem
soll er die ganze Welt belohnen

mit Friede, Sanftmut, Freundlichkeiten
und was auch sonst die Welt erhellt.
Jedoch – gilt das, was mal vor Zeiten
der Welt mit ihren Traurigkeiten
ein Bethlehem uns vorgestellt?

Mir scheint, wir sind noch mitten in der Nacht.
Ein Bethlehem? Kanonenziel!
Was hat der Mensch seitdem vollbracht?
Das Böse aufersteht und lacht.
O Gott, wann endet dieses Spiel.

Eine noch nicht geschriebene Weihnachtsgeschichte

Weihnachtsferien, wer liebt sie nicht. Ein paar Tage ausspannen, einmal das Gegenteil tun dürfen von dem, was tagein, tagaus den Arbeitsrhythmus diktiert. Das Kind geht spielen, die Eltern lassen sich durch nichts treiben, der Lehrer legt die Beine hoch und vergräbt sich in das Buch, das zu lesen seit Langem sein Traum war.

Studienrat Valentin, seines Zeichens Lehrer für Deutsch und Literatur am Städtischen Gymnasium, empfand es darum recht störend, um nicht zu sagen ungehörig, als in dieser Ferienzeit vormittags die Klingel an der Haustür sirrte. Nun, dachte er, ein Besuch zu dieser Stunde dürfte durchaus ungewöhnlich sein. Er öffnete. Vor ihm stand einer seiner Schüler aus der Abiturklasse.

„Du, Werner? Was treibt dich zu mir mitten in den lieben Ferien?"

„Ich bitte um Entschuldigung", sagte der, „aber ich muss Sie mal belästigen. Ich … darf ich mal einen Moment was mit Ihnen besprechen?"

Studienrat Valentin pflegte keinen Besuch vor seiner Türe abzufertigen. Darum trat er zur Seite und ließ den Bittsteller eintreten. „Was gibt's, Werner. Ist es so wichtig?"

„Ich habe etwas Großes erlebt", sagte der junge Mann. „Ich sollte, ich dürfte das einfach nicht für mich behalten. Bitte, lachen Sie mich nicht aus, Herr Valentin, aber ich habe eine ganz große Bitte."

In Werners Blick lag etwas, was der Lehrer nicht zu deuten wusste. Er kannte diesen seinen Schüler eigentlich recht gut. Mehrere Jahre hatte er dessen Klasse geführt. Als erfahrener Pädagoge wusste er dessen ungestüme, aber geistvolle und lebhafte Art, sich zu geben, wohl zu schätzen und hielt ihn überdies für einen grundehrlichen Charakter, was er nicht von allen seinen Schülern behaupten konnte. Kurz las er in seinen Augen, fragte dann:

„Warum soll ich dich auslachen. Geht's um Mädchen?"
„Quatsch, um was Ernstes." Einen Augenblick trat Werner von einem Bein aufs andere, blickte dann aber seinen Lehrer an und sagte:
„Ich habe etwas erlebt, das muss ich Ihnen erzählen. Das hat mich nämlich toll ergriffen. Und Sie, Herr Valentin, Sie müssen das aufschreiben. Deswegen bin ich hier. Nicht für mich, sondern für andere. Bitte sagen Sie nicht nein."
„Tja, Werner, das kommt so unvermittelt plötzlich. Ich soll da was aufschreiben?"
Werner drängelte: „Wann darf ich damit zu Ihnen kommen? Es dauert vielleicht nur eine Stunde, aber ich muss das loswerden. Sie sind wirklich der Einzige, dem ich so was erzählen kann. Sie sind immer so verständnisvoll."
Indem er das sagte, schoss ihm wohl ein bisschen Verlegenheitsröte ins Gesicht. Der Pädagoge bemerkte das sehr wohl.
„Gut", sagte der, „wenn das so ist, ich hole meinen Kalender." Ging in sein Arbeitszimmer und kehrte mit dem Kalender zurück.
„Dezember, die nächsten Tage sind ja ganz frei. Wann willst du kommen?"
„Morgen?"
„Gut, morgen zehn Uhr. Aber pünktlich und bestimmt."
„Können sich auf mich verlassen", sagte Werner, bedankte und verabschiedete sich.
Werner wusste von einigen Veröffentlichungen seines Lehrers, die durchaus in die Rubriken gediegener Literatur einzuordnen waren. Man nannte ihn nicht ohne Grund in der Schule den heimlichen Schriftsteller. Doch nicht nur um dieser Sache willen war er auf ihn verfallen. Eigentliche Triebkraft war das Vertrauen gewesen. Valentin hatte für alles immer Verständnis gezeigt.
Nun, mit diesem recht ungewöhnlichen Anliegen also ließ er seinen verehrten Lehrer stehen. Mochte der jetzt denken, was er wollte.
Zur gesetzten Stunde des nächsten Tages saßen sich die beiden gegenüber, der Lehrer und sein Schüler, in weiche

Lehnsessel gedrückt, zwischen sich einen niedrigen Tisch. Jetzt hieß es für Werner, nicht lange um den Brei herumzureden. Schaute er in das erwartungsvolle Gesicht seines Gegenübers, musste er beginnen. Und so berichtete er von der verfahrenen häuslichen Situation in der Familie, schilderte die Spannungen und sparte auch nicht mit echten Vorwürfen gegen die Eltern, vornehmlich gegen die Mutter, und wie sich alles am Heiligabend zugespitzt habe. Denn Mutter, beklagte er sich, behandle ihn und seine Schwester Adele wie kleine Gören. Dabei sei er doch schon siebzehn und die Schwester nur knapp zwei Jahre jünger.

Herr Valentin wusste: Jugend muss sich äußern können, Jugend braucht ein Ventil, muss mit eigener Meinung vorwärtsstürmen, auch wenn sie hundertmal gegen den Baum platscht. Aus diesem Wissen heraus zimmerte der erfahrene Pädagoge seine Prinzipien, zu denen das Zuhörenmüssen unabdingbar gehörte.

„Ich kann", sagte Werner und kniff die Augen zu, „ich kann Mamas konservatives Getue nicht mehr ab. Sie ist nicht nur von gestern, sie ist von vorgestern. Haben wir als junge Generation nicht ein gewisses Recht, uns so zu verhalten, wie wir wollen, und das zu lieben, was wir gerne möchten? Natürlich mit Einschränkungen. Weiß ich auch. Was sagen Sie dazu?"

Herr Valentin sagte nichts. Ein nur angedeutetes Lächeln hatte als Zustimmung zu genügen.

„Naja", meinte Werner schließlich, „bringen wir dies zum Abschluss. Aber lassen Sie mich bitte noch dieses eine sagen: Ich kann mir doch nicht dauernd gefallen lassen, wenn Mama mit ihrer stereotypen Belehrungssucht uns immer die Jahre ihrer eigenen Jugend unter die Nase reibt, wie sie sich verhalten musste und was die damals durften und nicht durften und überhaupt. Die Welt verändert sich doch. Es bleibt doch nichts, wie es einmal war. Sonst säßen wir noch heute im Bärenfall beim Kienspan und knabberten an Knochen. Sie lachen! Ist doch wahr, ich muss das mal sagen. Junger Wein in alte Schläuche, habe ich mal gehört. Irgendwann platzt das Ganze."

Auf Herrn Valentins Frage, wie sein Papa denn zu alledem stünde, winkte Werner grinsend ab. „Papa? Ach, der hat ein gutes Herz, der liebt seinen Seelenfrieden. Im Grund hält er natürlich zu Muttern, auch wenn er mit ihr nicht eines Sinnes ist. Sie sind ja schließlich ein erfahrenes Ehepaar."

„Und Adele?"

„Meine Schwester? Ach, die denkt sich ihr Teil, schmollt und packt sich ins Bett, wenn's bei uns kracht. Mit ihr verstehe ich mich noch am besten."

Mit schiefen Augen blickte der Junge zu seinem Lehrer hoch. „Aber lassen Sie mich weitererzählen. Weihnachten stand, wie man sagt, vor der Tür. Tohuwabohu auf der ganzen Linie. Alles lief quer. Ich sage es ehrlich, ich gab mir Mühe, Mama in ihrem Zwang zu verstehen, alles bis zum Heiligabend ins Lot zu bringen, die Wäsche, die Einkäufe, das Saubermachen, die Geschenke, Fensterputzen und so. Eben alles das, was eine fröhliche, selige, gnadenbringende Weihnachtszeit fröhlich, selig und gnadenbringend macht. Wenn ich meinte, sie solle sich doch nicht überschlagen, wenn was nicht superkorrekt fertig sei, dann spürte ich ihren inneren Anfall. ‚Ich will das so, ich will das so', war dann eins ihrer gewalttätigen Worte. Nicht nur einmal brüllte sie in unsere Zimmer: ‚Kinder, muss ich denn alles allein machen? Nun helft mir doch mal endlich!'"

Werner wedelte verzweifelt mit den Händen: „Glauben Sie mir, Herr Valentin, ich wusste wirklich nicht, wie ich mich verhalten sollte. Immerhin war noch Schulzeit. Ich hatte, Sie wissen das, meine Aufgaben, meine Sportstunden, den Sonderkurs. Und schließlich steht ja auch das Abi vor mir, wenn auch erst in ein paar Monaten. Und Adele? Die kam auch nicht auf Anruf, wie man einen Hund bei Fuß befiehlt. Die pflegte ihre Backfischigkeit. Aber neben der Schule hatte sie ihren Intensivkurs. Und in Musik stand in den Tagen ein Vorspiel auf dem Plan. Da musste sie noch tüchtig üben. Also, Sie verstehen, wir hatten durchaus unser Tun. Langsam wurde mir dieses Weihnachten zu einer Anfechtung. Wozu eigentlich Weihnachten? Wozu! Was ist denn Weihnachten überhaupt! Ich komme damit nicht mehr klar. Da flattern einem geistlos vorgedruckte Advents- und Weihnachtsgrüße ins Haus, gleich verbunden mit dem Neujahrsgruß, damit der Schreiber sich bloß keine Mühe machen soll, eigene Gedanken zu formulieren. Welche Gedanken auch? Ist doch alles Quatsch. Was sollen zum Beispiel die kunstgepunzten Schokoladenweihnachtskerls, die in x Größen neben den Schnapsbuddeln die Regale in den Einkaufszentren füllen. Und Adventskalender! Mit Likörproben drin. So ein Betrug! Und was kriegen Sie seit November zu hören? Beim Klingeln der Ladenkasse säuselt es Ihnen um die Ohren: Süßer die Glocken nie klingen, Stühüle Nacht oder Läuse rüselt dör Schnöö. Ist doch zum Kotzen. Wochenlang. Und alles fürs Fest! Für welches Fest eigentlich, frage ich Sie. Die sind doch alle verrückt. Sehen Sie einen Sinn darin?"

„Nee-hee", lachte Herr Valentin auf, „ganz bestimmt nicht. Mit meiner Auffassung von Weihnachten hat das nichts gemein."

„Mama", redete Werner weiter, „Mama war unwahrscheinlich aufgedreht, klapperte mit Geschirr, saugte Staub, wo keiner war, rannte immer wieder zum Einkauf, schleppte sich, schlug die Türen und singsangte dabei pausenlos vor sich hin. Einmal riss sie meine Zimmertür auf und trällerte hinein, ich habe eine Überraschung, eine Ü, eine Ü, eine Überraschung. Wenn Weihnachten ist, wenn Weihnachten ist, dann kommt zu uns eine Überraschung. Ihr sollt euch freuen, Kinder."

Werner fuhr sich mit der Hand über die Stirn und sagte:

„Ich glaube, ich habe wohl blöde aus der Wäsche geguckt. Naja, Schwamm drüber."

Plötzlich blickte Werner hoch. „Wissen Sie", begann er wieder, „ich habe in letzter Zeit eine Veränderung in mir gespürt, wenn ich mir Weihnachten vor die Augen schiebe, die Lieder, die, verzeihen Sie, absurden Texte, die ins Skurrile greifen, die Aufführungskomödie, wenn wir singen sollten mit möglichst frommem Gesicht. Dieses ganze Gemache. Ist ja für Kinder ganz nett, aber nicht mehr für mich. Adele schnauft auch schon. Als ich noch klein war, stand das Fest in einem anderen Kleid vor mir. Kann man so sagen? Wochenlang träumte ich von dem Geheimnisvollen, von angezeigten Überraschungen, bastelte selbst und primelte irgendwas, mir selber zum Zeitvertreib, kokelte mit Wachskerzen und so. Sie kennen das sicher. Aber heute? Zum Donnerwetter, ich bin kein Kind mehr, kein albernes Gör, das noch an den Weihnachtsmann glaubt. Man wird schließlich älter und stellt durchdachtere Ansprüche an das, was um einen ist. Was früher wie ein Höhepunkt im Jahr gewesen war, ist jetzt weggepustet, einfach so. Heute suche ich nach greifbarem Inhalt. Gut, gut, das mit der Ratio, mit der Vernunft, das haben Sie uns oft genug erklärt. Und nun wende ich sie an. Es kommt mir vor, als spielten die Menschen mit einer tauben Nuss. Alles nur Schale, innen leer, ohne fruchtbringenden Kern. Neulich habe ich mal mit meinem Freund Theo darüber gesprochen. Wir haben versucht, eine fassliche Verbindung zur biblischen Weihnachtsgeschichte zu finden, was aber nicht gelang. Übrig geblieben ist am Ende nur ein Kind, ein holder süßer Knabe mit lockigem Haar, umflattert von tausend Engelein in lichten Höhen. Was aber soll mir das? Können Sie mir das verraten? Ich habe weiß Gott andere Probleme. Ich kann mich nicht an blau schillernden Weihnachtsbaumkugeln begeistern. Bitte verstehen Sie mich, wenn ich jetzt sage, ich habe in diesem Jahr dem Heiligabend regelrecht entgegengebibbert. Mitspielen? Naja, aber nur um Mamas willen, um des lieben Hausfriedens willen. Mitspielen, aber nicht mehr. Doch, hören Sie, Herr Valentin, es kam eben anders, kam ganz anders. Und deswegen hatte ich Sie gestern gebeten, mich anzuhören und das aufzuschreiben, was ich am Heiligabend erlebt habe. Tja, und jetzt sitze ich hier vor Ihnen. Bin Ihnen ehrlich dankbar, dass ich das darf, hier sitzen."

Herrn Valentin schien es, als sei alles bisher Gesagte nur die Ouvertüre zu einem noch ausstehenden Drama. Und so war es ja auch. Denn doch nicht ohne treibenden Grund besucht ein Schüler einer höheren Lehranstalt seinen Lehrer in den Ferien. Er war bereit, dem Geschehen weiterhin zu folgen, schlug die Beine übereinander und kuschelte sich in die Sesselecke. Er war mehr als nur neugierig. Er war interessiert.

„Am Heiligabend", begann Werner, „viel zeitiger als vereinbart, brachte ein Taxi die Großeltern an. Mama tat zwar höchst erfreut, und eine intensive Ableckerei war unumgänglich. Doch ich hörte, wie sie Papa gegenüber stöhnte: ‚In aller Herrgottsfrühe. Ich bin doch noch lange nicht fertig'. Und damit schob sie die beiden einfach zu mir ins Zimmer. Das passte mir ja nun gar nicht. Ich hatte mir an dem Vormittag die mir von Ihnen aufgegebenen Äsop'schen Fabeln vorgenommen und war so schön damit in Gang und fand das darum von Mama gar nicht geschickt. Ließ sie das auch wissen. Klappte aber doch die Bücher zu und widmete mich den beiden Altchen, so wie sich das für ein wohlerzogenes Enkelkind gehört. Opa Gustav, ach, ich mag ihn schon ganz gern. Der hatte sich mit ein paar Päckchen behängt, hübsch verpackt, wie man das so macht, und hat gesagt: ‚Guck da nich hin, Wernerchen, is auch was für dich dabei.' Fragte auch im gleichen Zug, was ich da läse, und ich solle mich fein bilden, Wissen sei Macht. Sagte er. Oma Marthas Thema war anderer Art. Sie klagte wie immer über das miese Wetter draußen, dass es gar kein richtiges Weihnachtswetter sei, nicht mal Schnee wie früher, als sie Kind war, und dass ja heutzutage sowieso alles anders sei und gar nicht mehr schön und so. Dabei wanderte sie in meiner Stube von einer Ecke in die andere, beäugte meine Poster und machte ihre Bemerkungen über die Pilzköppe, wie sie sagte, und wer das alles sei, der und der und der, und das unangezogene Mädchen, und ob sich das gehöre. Naja, so ging das dann los. Zum Mittagessen war noch eitel Friede-Freude-Eierkuchen. Zur gesetzten Stunde dann, gegen vier, nein, genau beim Gongschlag der Standuhr, da begann das Spiel. Der Einzug der Gladiatoren in die Weihnachtsstube. Und da war sie dann ja auch, die Ü, die Ü, die Überraschung, unübersehbar, ein supergrüner, hässlicher, baumartiger Gegenstand aus Kunststoff. O Tannebaum, wie grün sind deine Blätter. Irgend so ein Gestell, das Sie in verschiedenen Größen in jedem Supermarkt kriegen, das Ende jeden kulturellen Geschmacks. Natürlich mit elektrischen Kerzen, rot und grün. Ekelhaft. Ich meine, so was hätten wir ruhig vorher miteinander besprechen sollen, nicht wahr?"

„Das wäre wohl angebracht gewesen", gab Herr Valentin zu.

„Die Großeltern haben dann ihren obligatorischen Platz vis-à-vis vom Klavier eingenommen. Adele musste sich mit einigen Weihnachtsliedern auf dem Klavier präsentieren. Zum Glück brauchte ich nicht wie in früheren Jahren Blockflöte zu piepen, was Oma natürlich wortgewaltig bedauerte. Es wäre doch schön, wenn die Kinder, die Kinder, die Kinder ... aaach! Ich fand, Oma wirkte irgendwie störend, und indem ich sie das wissen ließ, muss ich mich wohl ein bisschen im Ton vergriffen haben, jedenfalls ranzte Mama mich an, ich solle mich nicht wie ein Flegel benehmen, und heute sei Weihnachten, das Fest der Freude und der Harmonie und und. Ich, sagte sie, ich hätte die Stimmung vermiest, ich hätte ihr mit meiner Art alle Freude gestohlen, und ich sei in letzter Zeit überhaupt nicht mehr, wie ich sein sollte und und und. Tja, Herr Valentin, da war sie nun, die selige, gnadenbringende Weihnachtszeit. Ich muss Ihnen gestehen", Werner sah seinen Lehrer mit tieftraurigem Blick in die Augen, „mir stand das bis hier!" Und machte eine entsprechende Bewegung mit der Hand unterm Kinn.

„Über die Geschenke will ich jetzt nichts sagen. Will mich auch nicht über den weiteren Verlauf des Abends auslassen, um niemandem wehzutun. Wahr aber ist, dass ich tausendmal lieber mit meinem Freund zusammengegluckt hätte. Wissen Sie, der Theo und ich, wir debattieren über alles, über Gott und die Welt und über unsere eigenen Probleme. Ich konnte Omas Wehklagen einfach nicht mehr ab. Immer wieder griff sie in die morsche Tüte ihrer Vergangenheit, und wie die Welt heute so schlecht und verdorben sei und so schnelllebig, und was sie nicht alles zum Beweis dafür anbrachte, wie schön und ehrlich und moralisch es in ihrer Jugend zugegangen sei. Und was die Jugend anbetrifft, wie die sich heutzutage benähme – aaach, Schwamm drüber. Natürlich stimmt nicht alles so, wie es stimmen sollte. Das weiß ich auch. Aber die Leutchen sollen sich nicht immer was vormachen. Oma mit ihrer von Seligkeit triefenden guten alten Zeit. Musste die an diesem Abend dauernd ihre Engelchen schweben lassen, flatternd durch die Lüfte? Und Mama? Die spielte die Glückvolle. Die zog mir eine Liebeskomik auf, die in mir alle Haare hätte sträuben lassen, wenn ich welche hätte. Bestimmt."

Werner war am Zug. Herr Valentin ließ ihn reden. Er dachte, vielleicht spürt der Junge von selbst, wie er sich mit seinem Verurteilen ins Unrecht setzt. Ist denn nicht für die meisten Menschen Weihnachten eben ein schönes Fest, das man feiern will, jeder auf seine Weise? Lassen wir ihnen doch ihre Äußerlichkeiten, wenn sie ihnen genügen. Hätte der Junge mehr toleriert, wäre sein Richterspruch nicht dermaßen schroff ausgefallen. Bedingungsloses Denken in diesem Jugendalter ist zwar typisch und gehört zum Erwachsenwerden, entschuldigt aber nicht.

Nun, die Stimmung musste sich nach Werners Bericht dermaßen aufgeschaukelt haben, dass von Friede auf Erden nichts mehr zu spüren war und den Menschen auch kein Wohlgefallen entgegenschwamm. Zuletzt hätte auch Adele ihn noch zusammengestuckt, und durchaus nicht mit ausgesucht stubenreinen Vokabeln. Wörtlich habe sie gesagt, nein, geschrien: „Halt's Maul, heut ist Weihnachten. Schimpf nich immer." Da hätte es ihm gereicht, er sei aus der Stube gerannt, knall, Tür zu.

„Sie können mir glauben, Herr Valentin", sagte er, „als ich draußen war, wusste ich nicht, ob ich lachen oder heulen sollte. Ich glaube, ich habe beides getan. Irgendwas war in mir zerbrochen. Die Frage, was Weihnachten im eigentlichen Sinne sei, fand bei mir keine Antwort. Ich habe die Kernstücke der biblischen Weihnachtsgeschichte noch mal genau durchdacht. Im Konfirmandenunterricht hatten wir sie ja auswendig lernen müssen. Ich kenne jedes Wort, jeden Buchstaben, fand aber keine Verbindung, ausgenommen vielleicht das Kind. Christkind? Was ist das? Augustus, der römische Kaiser? Ist doch vermoderte Historie. Bethlehem? Liegt doch im Urschleim der Geschichte vor 2000 Jahren. Gut, gut, Geschichte hin, Geschichte her. Was aber folgert man heute aus ihr? Sinnleere Feierei. Arm, sagt man, arm wäre das Kind gewesen, und hinterher auf der Flucht vor dem Genickbrecher Herodes. Und wie, bitte, wie feiern die Menschen heute das arme, arme Kind? Hunderte von Mark schmeißen sie raus für irgendwelchen Tinnef und gewinnen nichts dabei, noch nicht mal sich selber. Ich frage nach dem Zusammenhang mit dem Ursprünglichen. Für mich wäre dann Jesus umsonst geboren worden. Wozu ist er eigentlich, wie es heißt, in die Welt gekommen? Wissen Sie das?"

Studienrat Valentin schwieg.

„Fragen über Fragen, nicht wahr? Und nun sitze ich hier bei Ihnen und belästige Sie mit meinen Problemen. Aber nicht nur deswegen. Neinein, sondern weil mir gerade in dieser Beziehung etwas passiert. Der Krach zu Hause war nur der Auslöser. Doch das zu erzählen ist wie ein ganz neues Kapitel."

Werner lächelte sein Gegenüber ein wenig verlegen an, sozusagen um Verzeihung bettelnd, und fragte mit einem Blick zur Seite:

„Darf ich einen Schluck von dem Saft da haben?"

In der Tat, hier beginnt wirklich ein neues Kapitel. Es beginnt mit dem Erwähnen einer Zeitungsnotiz in der Lokalpresse, vor zwei Wochen, die hier in vollem Wortlaut wiedergegeben werden soll. Sie lautete:

„Am gestrigen Nachmittag kam es in der Nähe der Pauluskirche auf übereister Straße zu einem tragischen Unfall. Ein Pkw-Fahrer war aufgrund unangepasster Fahrweise ins Rutschen gekommen und gegen das an der Kreuzung stehende Vorfahrtsschild geprallt. Dieses brach um, wodurch eine neben dem Schild wartende Frau am Kopf so schwer verletzt wurde, dass sie noch vor Eintreffen des

Rettungswagens am Unfallort verstarb. Der Schaden beläuft sich auf ca. 9000 Mark."

Mit tiefer Entrüstung hatte Herr Valentin dies neulich gelesen. Er war außer sich. Der Schaden? Welcher Schaden? Wessen Schaden? Kann man den Umfang solchen Schadens jemals ermessen? Der ist maßlos. Wäre er, er selber der unglückliche Fahrer gewesen, er würde sich für einen Totschläger halten. Das wäre dann nur sein seelischer Schaden. Aber die Familie? Ein unbezahlbarer Schaden. Die Eltern? Vielleicht die Kinder? Der Ehemann? Schämen sich die Schreiber solcher Artikel nicht, so ohne Gefühl, so splitternackt einen Schaden von zirka 9000 Mark zu kalkulieren?

Noch ein anderes kam dem Mann in den Sinn. Ist doch erschreckend, wie Menschen solcherart Nachrichten, die oft nur eine Randnotiz darstellen, zu lesen sich gewöhnt haben. Für Sekunden setzt wohl mal der Herzschlag aus, doch schon wandern die Augen weiter, auf anderes hin. Solch Unglück rührt keine Seele mehr auf. Seine Frage, ob ein Menschenleben keinen Wert mehr habe, irrte antwortlos von ihm fort. Der Verstand, der alles abwägt und ermisst, zeigt sich kaltschnäuzig als berechnendes Kalkül. Was ist nur los mit dem Gefühl, fragte er sich, diesem feinen Sensor in uns?

Studienrat Valentin war ein rechtdenkender Mensch, der auch eigene Schwächen zu haben nicht leugnete. Das war wohl einer der Gründe, weshalb mancher seiner Schüler sich bei ihm Rat erbat und auch bekam, wenn irgendwo was ausgehakt war und nicht so lief, wie es laufen sollte. Und jetzt sitzt wieder einmal einer seiner Schüler vor ihm, um auszusprechen, was ihn innerlich umtreibt. Hört er nicht einen ähnlichen Schrei wie den seinen in jüngeren Jahren? Ein Aufbegehren, ein Blasenwerfen gärenden Weines im Ballon? Es wiederholt sich alles. Jede Generation kämpft für sich. Geistiges Abnabeln nannte Valentin dieses Geschehen.

Diese und andere Gedanken schwirrten in seinem Kopf herum, indes Werner an seinem Glas nippte.

Ausgetrunken stellte er nun das Glas auf den Tisch zurück und sagte:

„Danke für den Trunk, schmeckte gut. Aber weiter im Text. Ich war also ausgebüxt. Nicht gleich. Hatte mich vorerst in meinem Zimmer verbarrikadiert und wollte mir Eigentherapie anlegen, eine meiner Lieblingsmusiken. Ließ das aber sein. Schöne Musik und Aufbegehren passen nicht ineinander. Das gäbe nur Dissonanzen. Ich musste auf andere Art zur Ruhe kommen, verstehen Sie? Und ich wusste auch, wie. Ich stieg in meine alten Jeans, in die dicken Lederbotten, schlug mir die Regenjacke um und ging los. Offiziell habe ich mich drinnen nicht verabschiedet, habe nur ins Zimmer gerufen, ich wolle frische Luft schnappen. Hörte noch, wie Mama entrüstet fragte, wo ich denn um Himmels willen hinwolle, sie säßen doch so schön hier zusammen und und und. Die Uhr schlug ihre dröhnenden Schläge, ich zählte neun. Dann fiel die Tür hinter mir ins Schloss. Aus. Ich war draußen. Das bisschen Nieselregen kam mir vor wie ein Seebad, so erfrischend und ergötzlich, sage ich Ihnen. Auf der Straße war es bumsstill. Um die Lampen hing der Schein im Regen, märchenhaft. Hinter den vorgezogenen Gardinen schimmerten die Weihnachtsbäume, was mich aber in keiner Weise wehmütig oder seelenkrämpfig stimmte, wenn Sie verstehen, wie ich das meine. Im Gegenteil. Ich fand mich heldisch erhaben. Hatte das unbedingte Gefühl, hier bin ich Mensch, hier darf ich's sein. Eigentlich ging ich ziellos durch die breite Straße, die mein täglicher Schulweg ist. Das ergab sich von selbst. Also, die Stille um mich, ich höre sie noch jetzt, wo ich Ihnen das erzähle, war einfach wunderbar. Anders kann ich das nicht bezeichnen. Jetzt hätte ich tatsächlich Musik mit mir rumtragen können. Keinen Beat oder so was, eher schon einen Mozart oder einen Song vom Thomanerchor. Tja. Können Sie mich verstehen? Ich meine, es ging mit mir etwas rum, das musste ich in den Griff kriegen. Weihnachten, was ist das? Das war es nämlich. Die Kardinalfrage: Was ist Weihnachten? Und dann, Herr Valentin, dann kam die Antwort, aber aus einer Ecke, die Sie nicht erahnen. Halten Sie sich fest, denn was jetzt kommt, grenzt ans Unglaubliche. Sie kennen doch die Straße, die Kreuzung, die Pauluskirche, den dicken Schuhladen, wo vor einiger Zeit ein Unfall mit einer Frau gewesen sein soll, wie die Leute sagen. Das mit dem umgefahrenen Verkehrsschild. Soll auch in der Zeitung gestanden haben. Wissen Sie davon? Dort vor dem Schuhladen, da saß ein Mann, mutterseelenallein. Stellen Sie sich das vor, bei diesem nasskalten Wetter. Saß allerdings unter dem Überbau vom Laden direkt vor dem Schaufenster. Der saß da, auf einem Klapphocker, so einem Ding, das leicht zu tragen ist. Saß da, und ich dachte, vielleicht ein Obdachloser. So aber sah der nun auch wieder nicht aus, mit goldener Brille und fein gebügelter Hose und gar nicht billigem Mantel und Hut. Obdachlose sehen anders aus. Nein, wissen Sie, was das Komische war, und das war beileibe nicht komisch, der Mann stierte gedankenversunken auf eine Laterne, eine Art Stallfunzel mit einer Talgkerze drin. Die stand an der Stelle, wo das Verkehrsschild umgefahren worden war, genau da. Eine billige, halb verrostete Stalllaterne, so ein viereckiges Dings aus Großmutters Zeiten. Und auf die guckte der Mann immer, sah auch nicht auf, als ich an ihm vorbeiwollte. Waren doch nur ein paar Meter zwischen der Laterne und der Hauswand, vor der er saß. Ich weiß nicht, ich durfte ohne Gruß nicht an ihm vorbeischleichen. Da lag etwas in der Luft. So was spürt man doch, nicht wahr? Ich blieb also stehen für einen Moment und sagte ‚N'Abend', und der Mann schaute auf mich mit einem Blick, der ging mir ganz schön an die Nieren. Guten Abend sagte auch er, gar nicht gequält etwa, sondern mit einer Art Freundlichkeit, die mich festhielt. Ich sagte: ‚Sie sitzen hier? Ist Ihnen nicht kalt?' Sagt er: ‚Ja, ich sitze hier. Nein, mir ist nicht kalt.' Sage ich: ‚Aber Sie sitzen hier nicht gut.' Sagt er: ‚Lass mich man ruhig hier sitzen, ich sitze hier gut.' Sage ich: ‚Aber im Regen und so allein.' Sagt er: ‚Ich bin nicht allein. Komm unters Dach, mein Junge, hier regnet's nicht.'

Gut, ich stellte mich also unter den Überbau und zeigte auf die Laterne. Fragte: ‚Haben Sie die Lampe da hingestellt? Ein komischer Weihnachtsbaum, und mitten auf der Straße.' Sagt er: ‚Ist für mich kein komischer Weihnachtsbaum und steht auch nicht mitten auf der Straße.' Ich dachte, ich kann jetzt nicht einfach weggehen. Der Mann, und ich, wir beide, hier im Dezemberwetter, heute, das passt irgendwie zusammen. Sage ich: ‚Das Licht da, hat das eine besondere Bedeutung für Sie?' Ich blickte auf ihn herab und suchte sein Gesicht. Da sagt er mit einer Stimme, die fast keine Stimme ist: ‚Ja, das Licht hat eine besondere Bedeutung für mich. Und wenn du so fragst, mein Junge, das Licht da, das ist meine Frau. Hier ist sie gestorben, an dieser Stelle, dort.'

Wissen Sie, Herr Valentin, da konnte ich nichts sagen, konnte ihm nur meine Hand auf die Schulter legen. Doch jetzt, jetzt kam der Hammer. Er sagte, er selber habe das Auto gefahren, er selber. Er wüsste zwar nicht, warum er mir das erzähle, denn er trüge seine Sachen nicht auf den Markt zum gefälligen Kauf. Nein, er sagte wörtlich: ‚Weil du hier stehst, mein Junge, und weil du mit mir redest, sage ich das. Und wenn mir noch so weh dabei ist. Ich, ich habe das Auto gefahren. Und nun habe ich hier, hier an dieser Stelle meine Weihnachtsfeier, mit ihr zusammen, unter dem, wie du sagst, komischen Weihnachtsbaum. Du siehst, ich bin nicht allein. Meine liebe Frau ist ja bei mir. Das ist mein Weihnachten. Kennst du den Vers: Aus tausend Traurigkeiten gehn wir zur Krippe still, das Kind der Ewigkeiten uns heute trösten will, kennst du den Vers?'

Wissen Sie, Herr Valentin, wie er das so sagte, kriegte ich das Heulen. Naja. Aber das mit dem Kind der Ewigkeiten, das war ein Wort, das hat Inhalt, das hat Griff. Der Mann und ich, wir haben dann miteinander geredet, wie ich bisher mit keinem Erwachsenen geredet habe. Außer mit Ihnen vielleicht. Es fing damit an, dass er mich fragte, warum ich hier bei Nacht und Nebel herumirre, statt zu Hause im traulichen Stübchen zu feiern. Nun, brühwarm habe ich ihm aufgetischt, wie es zu Hause aussah und wie es in mir aussah und dass in mir etwas offen und unerfüllt wäre. Da hat er mich am Arm gegriffen, an sich gezogen und meine

Hand gefasst. Ich fühlte dabei, wie etwas zu mir rüberkam, so eine Art Energiefluss, wenn Sie verstehen, was ich meine. Er sagte dann, auch er hätte sich in jüngeren Jahren seine Gedanken gemacht. Man müsse, sagte er, die Vokabel Weihnachten von ihrem irreführenden Wortlaut lösen. Wir hätten es hier mit einem Konglomerat von mittelalterlicher Mystik und griechisch-römischer Denkweise zu tun. Auf die habe sich das aufkommende Christentum klüglich gesetzt, so wie eine Schmarotzerpflanze auf einen Baumast. Er meinte das natürlich nicht diskriminierend, man vergleicht das am besten mit einem Sekundärpflänzchen, das von seiner Mutterpflanze die Lebenskraft bekommt. Dazu müsse man aber auch bedenken, wie alles Bestehende einer Veränderung unterläge, wie sich Sitten und Gebräuche ändern, und schließlich, gelöst vom Ursprünglichen, seine eigentliche Quelle verleugne. ‚Du musst', sagte er, ‚grundsätzlich zwischen Weihnachten und Christfest unterscheiden. Lassen wir Weihnachten, die geweihten Nächte der alten Römer, jetzt mal aus dem Spiel. Tauchen wir hinab in das Ursprüngliche. Da findest du einen Bericht über eine geschichtlich wahre Begebenheit, die allerdings in nur wenigen Zeilen ans Licht kommt, eingebaut in durchaus fragwürdige Geschichtsdaten mit Kaiser Augustus und dem Statthalter Cyrenius. Dieses Geschehen', sagte der Mann, ‚die Geburt von Jesus und die nette Erzählung mit der Krippe da in Bethlehem darfst du aber niemals lösen von dem, was später mit dem heranwachsenden Kind geschah, dem Kind der Ewigkeiten', sagte er. Es sei aber logisch, Geborenwerden und Sterben sind die Eckpunkte jeden Lebens, und in unserem Fall Krippe und Kreuz. Ob das schwer zu verstehen wäre, fragte er mich. Nee-he, das habe ich kapiert. ‚Dieses Geborenwerden, um später zu sterben, musste also geschehen. Und das feiern wir am 24. Dezember. Zugegeben, ein nicht ganz feststehendes Datum. Im Kalender findest du oftmals den Begriff Zeitrechnung. Aber lass sein, Geburtstagsfeier hin, Geburtstagsfeier her, entscheidend ist doch', sagte er und drückte dabei meine Pfote, um anzudeuten, jetzt käme etwas Wichtiges, ‚entscheidend ist doch, wie ein Mensch mit der späteren Existenz dieses Krippenkindes fertigwird, mit dem, was er vorgelebt und gelehrt hat, und wie man selber damit umgeht. Glaub mir, mein Junge', sagte er, ,ein Mensch ist nicht darum ein Christ, weil er zu Weihnachten mal in die Kirche geht und sich eine Predigt anhört. Es gibt durchaus gute Predigten, ob sie aber alle tief genug hinabtauchen in die allerletzte Wahrheit, bleibt mir die Frage. Was ist schon die Wahrheit! Auf jeden Fall kommt es darauf an, wie du selber mit dem Wort umgehst, das dir gesagt wird. Entweder hast du Gewinn, oder du verlierst.'

Ich sagte ihm darauf, das wäre ja gerade meine Crux, mit der ich mich herumschlüge. Ich würde gerne tauchen, tief tauchen und den Grund des Weihnachtsfestes aufspüren. Den Sinn, sagte ich wohl. Sagt er: ,Ihr als junge Leute, ihr habt durchaus das Recht, für euch selbst zu suchen und alles Bestehende zu hinterfragen.' Er sagte, es gäbe auch eine geistige Diktatur, die Geschichte sei voll davon, und die sei vom Teufel und hätte im Lauf der 2000 Jahre unsägliches Unheil angerichtet. ,Aaaber', sagte er gleich dazu und hatte seinen Finger hoch und mir entgegengestreckt, ,aaaber ich will dir mal einen Spruch sagen, der Hand und Fuß hat und der haargenau in deine Denkmaschen hineinpasst. Hör zu! Wäre dieser Jesus tausendmal in Bethlehem geboren und nicht in dir, was hättest du davon? Es ist doch völlig egal, wo dieses Bethlehem liegt, eine kleine Stadt übrigens, die heute durch dummen Tourismus um und umgetrampelt wird. Dieses Bethlehem kann ebenso hier und jetzt, auf dieser Straße, bei diesem miesen Wetter sein, jetzt um fast zehn Uhr abends, und nicht nur heute, nein, morgen und übermorgen. Worauf kommt es denn an, mein Junge?' Er drückte wieder meine Hand und sagte mit sehr bestimmendem Nachdruck: ,Dieses Kind muss in dir geboren werden, in dir, in dem Raum deines ganz persönlichen Glaubens, und das mit seiner ganzen Wucht, mit seinem Geist, seiner Ethik, seiner Göttlichkeit, seiner Energie und seiner vollkommenen Liebe, mit allen Strömen, die aus dem Ewigen kommen. Du weißt ja, Geburten tragen immer Schmerzen mit sich. Und jetzt hast du solche Schmerzen, ja? Ich sage dir, junger Freund, gib nicht dem Verstand Raum. Du musst nicht alles verstehen wollen. Das kann niemand. Daran kranken alle Philosophen. Gib deinem Gefühl Raum, dem Gefühl für die Richtigkeit einer Sache. Das Gefühl ist der Sensor, der bei dir klick macht. Urteile und handle in erster Linie nach deinem Gefühl. Dann weißt du erst, wer du bist. Ich bin nicht darüber informiert, wie weit du die Bibel kennst, aber sie gehört jedenfalls zur Weltliteratur. Da findest du im Johannesevangelium etwas über Weihnachten, aber in ganz anderer Weise. Nix mit Krippe und Windeln und was der Lukas so erzählt. Da steht ein ganz erschreckendes Wort, nämlich: Er, gemeint ist Jesus, er kam in sein Eigentum, gemeint ist die Welt schlechthin, er kam in sein Eigentum und die Seinen nahmen ihn nicht auf. Die ihn aber aufnahmen … Und jetzt frage ich dich, mein Junge, wie steht es bei dir mit dem Aufnehmen? Für mich ist Weihnachten nichts anderes als ein Angebot, aber was für eines! Das gibt es nicht zum zweiten Mal. Es liegt an uns selber, was wir mit diesem Angebot machen. Lasse dieses Wort mal wie Balsam über deine Seele laufen: Wär Jesus tausendmal in Bethlehem geboren und nicht in dir. Bitte sehr, dann hast du was für dich, dann bekommst du Antwort auf deine Frage, die dich heute umtreibt. Und dann kannst du vielleicht auch das fassen, was mich, mich, heute, hier, trägt und nicht in Eigenbeschuldigung und Trauer zermürbt untergehen lässt. Ich sagte vorhin: Aus tausend Traurigkeiten gehn wir zur Krippe still. Das Kind der Ewigkeiten uns heute trösten will.'" –

„Tja, Herr Valentin", sagte Werner nach tiefem Atemholen, durch das er sich wieder zurück in die Gegenwart, in die Stube seines Lehrers zu holen suchte. „Tja, so und so ähnlich hatte der Mann auf dem Klapphocker mit mir geredet. Er hatte nachher meine Hand losgelassen und mich von sich fortgeschoben. Er zeigte hinüber zur Pauluskirche, vor der sich ein Haufen junger Leute versammelt hatte. Die standen vor dem Portal. So sagt man doch von einer Kirchentür, nicht wahr? Die da standen, das war so meine Kragenweite und Schuhgröße. Die drängten hinein, als die Uhr vom Turm zehn schlug. Drinnen brannte kaum Licht. Ich dachte, wenn die rein dürfen, darf ich das auch.

Von dem Mann wollte ich mich noch verabschieden und ihm Danke sagen. Der winkte aber ab und sagte: ‚Ist gut, mein Junge, lass mich man noch so lange hier sitzen, bis die Kerze runtergebrannt ist. Fein, dass wir beide haben miteinander reden können. Manchmal werden Menschen auf besondere Weise zusammengeführt, deren Sinn man erst hinterher gewahr wird. Bist ein guter Kerl.' Ja, hat er gesagt. Und ich soll zu meinen Leuten gehen, da gehöre ich besser hin als zu ihm."

Werner atmete noch einmal tief aus, zeigte dann in verhaltener Bescheidenheit auf die Saftflasche und fragte:

„Darf ich noch ein Schlückchen von dem da?", fügte aber gleich hinzu: „Sie müssen das alles aufschreiben, so wie ich es Ihnen erzählt habe. Bestimmt, ja?"

Während Werner das Glas langsam, Schluck für Schluck bis zur Neige leerte, lauerte bei Herrn Valentin die Frage, was nun noch kommen würde. Hintergründig lebte in ihm noch das Bild des Mannes auf dem Klappstuhl, so plastisch, so lebendig, als säße er leibhaftig vor ihm. Dieser Mann hatte dem Jungen einen Halt unter die Füße gegeben. „Ich weiß nicht", sprach er zu sich selbst, „was ich jemandem hätte raten können, wäre meine eigene Frau auf solch schreckliche Weise und durch meine Schuld ums Leben gekommen. Doch lassen wir jetzt den Mann vor dem Schuhladen. Was nur, was nur soll ich aufschreiben. Alles? Und wie? Wörtlich oder mit eigenen Worten?"

So dachte Studienrat Valentin und blickte auf seinen Schüler, der das Glas auf dem Tisch abstellte und sagte:

„Danke, hat gut getan. Aber nun weiter. Ich kann aber nur zusammenfassen. Der Reihe nach wiederzugeben ist zu kompliziert. Ein Haufen guter Gedanken. – Ich ging also zur Kirche rüber und mit den anderen rein. Einige der Leutchen kannte ich. Die waren aus meinem Wohnbereich. Die Kathi war auch dabei, ein nettes Mädchen aus meiner Klasse. Sie kennen sie. Kathi winkte mich gleich zu sich, als sie mich entdeckt hatte. Ist doch immer gut, in einem Haufen Unbekannter einen Bekannten zu wissen. Wir alle stellten uns dann in einem offenen Kreis vor den Altar. Wir waren etwa 25 meines Alters und ein bisschen älter. Vor dem Altar stand ein Pastor und wartete auf uns. Ich kannte ihn nicht. Ein drahtiger Mann. Der gefiel mir. Er begrüßte uns und sagte, schön, dass ihr gekommen seid. So eine Begrüßung habe ich in der Kirche noch nicht gehört. Naja, Schwamm drüber. Aber ich muss Ihnen sagen: Ich, ich, so spät abends in der Kirche, dabei immer das unterkütige Gefühl, heute sei ja Weihnachten, und die andern neben mir, und die Kathi hatte meine Pfote in der ihren und drückte sie manchmal, das war, entschuldigen Sie den Ausdruck, das war einfach überwältigend. Keiner hat da auch nur einen Mucks gesagt. Eine Stille war im Raum, sage ich Ihnen, da hätten Sie bestimmt die berühmte Stecknadel fallen hören können. Bei unseren Klassenversammlungen bin ich ganz was anderes gewöhnt. Hier war jeder für sich und doch nicht für sich. Dazu der matt erleuchtete Raum, denn nur auf dem Altar brannten Kerzen. Sonst war die Kirche ganz duster. Ich muss Ihnen sagen, etwas Unbeschreibliches kroch da in mich hinein. Ich kann das wirklich nicht in Worte fassen. Kann man sagen heilige Stimmung? Nee, Stimmung war das nicht. Stimmung ist vorübergehend. Nein, da war mehr. Ob das in diesem Weihnachten seinen Grund hatte? Ich denke, Weihnachten hat viele Gesichter. Eines klebt bei mir zu Hause, eines zeigt sich hier, eines vorher auf der Straße.

Und in diese Stille hinein redet der Pastor. Ich weiß nicht, wie er heißt, aber er hat Ähnlichkeit mit Ihnen, nur ein bisschen jünger. Der blieb übrigens nicht am Altar stehen. Der nicht. Der klemmte sich zwischen zwei Jungen in unseren Kreis, um wohl damit zu demonstrieren, er gehöre ganz selbstverständlich zu uns, als einer der Unseren. Fand ich gut. Er sagte viel. Bruchstückhaft will ich versuchen, es zusammenzukriegen. Er fing damit an, dass Weihnachten immer wieder Fragen aufwirft, Fragen, die bei jedem anders aussehen und auch ganz unterschiedliche Motivationen haben. Dann nahm er sich aus dem Matthäusevangelium eine Stelle aus der Weinachtsgeschichte vor. Wissen Sie, die Stelle mit der Flucht nach Ägypten. Auf der Flucht, sagte er, sind wir mehr oder weniger alle, wenn wir uns mal richtig beobachten. Flucht vor allem, was uns nicht passt und bedrängt. Immer mit der Sehnsucht in eine erträumte andere Welt. Flucht nicht etwa wie Maria und Joseph und das Kind vor dem blutrünstigen Herodes von damals. Herodesse, sagte er, gibt es zu jeder Zeit, gestern, heute, morgen. Manchmal treten sie auf in der Gestalt des Wohlstandes und der Saturiertheit, die uns nicht passt, wenn wir an die armen Völker denken. Flucht aber auch vor den eigenen Ängsten und vor der Unruhe in uns selbst. Und vor jeder Art Gebundensein fliehen wir. Ihr, sagte er, gerade ihr in eurem Alter. Peng, das saß. War ich nicht höchst persönlich von zu Hause geflohen? Vor wem aber? Und wohin! Was sagen Sie dazu, Herr Valentin?"

„Kann wohl stimmen", gab dieser zu, „aber lasse jetzt mal meine Meinung beiseite. Erzähle weiter, ich bin gespannt."

„Gut, weiter. Der Pastor sagte, der Jesus, dessen Geburt wir heute feiern, der kam in unsere Welt. Er betonte in unsere, weil er damit sagen wollte, in jedes einzelnen Welt. Und zwar heute und nicht in die vor 2000 Jahren. Da musste ich an das Wort des Mannes auf dem Klappstuhl denken. Nicht in Bethlehem, sondern in mir. Sie erinnern sich? Und der Pastor sagte, und das verblüffte mich ganz schön, Jesus wäre nur ein Botschafter gewesen, einer, der eine Botschaft bringt, aber was für eine! Eine Botschaft, die den Menschen verändern kann. Zugegeben, nicht die große Welt auf unserem Globus. Aber die kleine Welt in uns, die wird veränderbar. Bei alledem, was Menschendummheit und Menschenwahn aus ihr gemacht haben, bleibe sie doch in sich völlig unberührt. Und wir, wir wollen sie uns nicht verfälschen lassen. Was ins Oberflächliche und in romantische Süßholzraspelei abgesackt sei", so habe er wörtlich gesagt, „das wollen wir schleunigst vergessen. Der Kern der Sache ist etwas Einmaliges und bis heute wahr. Er heißt: Ich, Gott, der Ewige, Unbeschreibbare, Unbegreifbare, habe dir etwas zu sagen. Ich sage dir das in einem verstehbaren Wort. Dieses Wort wurde Gestalt, sagen wir in Bethlehem, im damaligen jüdischen Land. Das Wort wurde Mensch, so wie wir Menschen sind, damit wir es verstehen. Er sagte, ich will euch einen Begriff aus der Mathematik als Beispiel zum Verstehen setzen, den Begriff Hauptnenner. Der Hauptnenner der Weihnachtsrechenaufgabe heißt: Die Geburt des Jesus ist der Einbruch der Ewigkeit in unsere Zeit und in unseren Lebensraum. Ob das schwer zu schnallen sei, fragte er. Und wenn wir, sagte er, unsere inneren Augen – ich weiß, er sagte Glaubensaugen – auf Gott richten und so, brauchen wir vor nichts zu fliehen. Weg, Wahrheit und Leben wären dann durch das Wort gewiesen. Und dieses Wort ist existent und lebendig bis heute. Das könne doch wohl niemand bezweifeln.

Ich finde, Herr Valentin, das waren Worte für mich, für mich ganz persönlich. Ich habe viel davon geschnallt. Und das müssen Sie alles aufschreiben, damit andere auch was davon haben. Sie haben es mir doch zugesagt, oder?"

Studienrat Valentin machte beschwichtigende Handbewegungen, um anzudeuten, ja, ja, er werde es aufschreiben.

Werner fuhr fort: „Der Pastor stellte uns nun eine Frage, die Frage nämlich, ob wir und wie wir auf solche Botschaft reagieren könnten. Er meinte, es gehöre sich einfach nicht, sie nur zu hören und bestenfalls mit himmelergötzlichen Worten belehrend zu deklamieren. Die Botschaft müsse zur Tat werden, sagte er, und dürfe auf keinen Fall im Mund stecken bleiben und anmutig erklingen. Das Wort der Botschaft zwinge zum Tun, unabdingbar, und wenn Wort und Tat, Reden und Handeln nicht deckungsgleich werden, mache man sich selber zum Lügner. Die ganze Welt kranke doch daran, sagte er, dass überall schöne Worte gemacht werden, geredet und geredet werde, doch die Taten bleiben aus. Das Echo aus dem Inneren versuppt dann wirkungslos. Und das wäre doch sehr schlimm, sagte er und fragte, wie das bei uns aussähe.

Wir, die wir dastanden, waren ja bumsstill. Aber nun, auf solche Frage hin, waren wir noch bumsstiller, als wenn jeder in sich hineinkröche. Mich jedenfalls traf es in der Seelenmitte. Müssen Sie aufschreiben, Seelenmitte. Ich fand mich zentral getroffen. Auf Gottes Botschaft reagieren? Was heißt das, fragte ich mich. Doch als hätte der Pastor meine Frage gehört, sagte er: ‚Lasst die Wurzel eures Handelns Liebe sein. Liebe berechnet nicht, Liebe bringt Verständnis auf. Es ist eine uralte Weisheit, die schon der Grieche Empedokles lehrte, wenn er sagt: Was Dinge verbindet, ist Liebe, was trennt, ist Streit. Und solche Liebe hatte Jesus am eigenen Leib vor aller Öffentlichkeit demonstriert. Das ist das ganz große Geschenk Gottes zum Weihnachtsfest, das wir feiern. Einen anderen Grund gibt es nicht. Nun aber noch eins‘, sagte er. ‚Wollen wir uns doch mal überlegen, auf welche Weise wir in das Dunkel unserer Zeit ein bisschen Licht bringen können. Eine Aktion, die uns, wie dem anderen, dient. Wir werden erkennen, wie Weihnachten zu einem wirklichen Fest werden kann. Denn weil Gott in tiefster Nacht erschienen, kann unsere Nacht nicht traurig sein.‘

O Mann, Herr Valentin, das war wieder so ein Wort, das ich gut behalten konnte. Übrigens, ich fand mich in dem Haufen gut zurecht, weil ich mich verstanden fühlte. Und während meine Gedanken ein bisschen spazieren gingen, was macht der Pastor? Der dreht sich um und greift hinter sich und grapscht einen Karton mit Kerzen drin. Der Karton ging dann im Kreis herum, jeder nahm eine Kerze heraus und, wenn Bedarf war, Streichhölzer. Der Karton ging dann zum Pastor zurück. Und dann sollte jeder einen Zettel ziehen, auf dem Adressen von Leuten standen, die heute Nachtdienst hatten und nicht bei ihren Familien sein konnten. Die sollten wir besuchen. Ich zog die Adresse der Apotheke Lindenstraße. Andere hatten andere, zum Beispiel Kliniken, die Bahn, das Wasserwerk, und einer hatte den Nachtwächter vom Holzwerk oben an der Siedlung.

Kathi hatte die Polizei zu beglücken. Der Pastor empfahl, wir sollten möglichst zu zweit gehen. Das war natürlich topprichtig. Kathi fragte mich, ob ich bei ihr mitmischen wollte, alleine hätte sie Angst. Wir gingen dann los. Vorher aber habe ich mich noch an den Pastor rangemacht. Etwas drängelte in mir, ich musste ihm was sagen. Ich sagte, diese Stunde wäre für mich ein Erlebnis gewesen, eine Sternstunde. Fragt er: ‚Hast du was begriffen?' Sage ich: ‚Nein, nicht begriffen, sondern es hat mich ergriffen.' Da hat er mich angeguckt, hat still vor sich hingenickt und gesagt: ‚Das ist gut, das hast du gut gesagt.'

Kathi und ich, wir gingen erst zur Polizei. Sie sagte, wir nehmen erst das Schwere. Ich habe am Revierposten geklingelt. Sie wissen ja, wo das ist. Einer machte ein Schiebefenster auf. Ich sagte, heute wäre doch Weihnachten und wir wollten ihm eine Kerze bringen. Da zog der Herr Polizist die Schultern hoch wie einer, der nicht weiß, wie er sich verhalten soll, ließ uns aber rein. ‚Wollt ihr was vorsingen', fragt er und grinst. ‚Nee-hee', sagte Kathi, ‚wir wollen Ihnen ein Licht aufstecken und damit sagen, dass wir Sie bei Ihrem Nachtdienst nicht allein lassen wollen.' So ein Licht sei ein Symbol der Freude und was sie sonst sagte. Ich fragte ihn, ob wir uns ein bisschen zu ihm setzen dürfen, ihm Gesellschaft leisten. Sagt er: ‚In der Dienstordnung steht ja nischt davon drin, dass am Heiligabend allen Unbefugten der Zutritt verboten sei. Steht nicht drin.' Sagte ich: ‚Na gut, und wir wären außerdem nicht unbefugt, wir hätten ganz im Gegenteil einen Auftrag.' Und dann habe ich ihm eine Predigt gehalten, die ich aber nicht wiederholen kann. Kathi habe hinterher gesagt, sie hätte das nicht so hingekriegt. Das hat mich ganz schön mutig gemacht. Der Polizist hat sich übrigens echt bedankt. Hat gesagt: ‚Dat fehlt unserm Staat, dat fehlt der ganzen Welt, und macht weiter so. Dat ist mein schönstet Weihnachtsgeschenk.' Genau so hat er gesagt. Ohne Übertreibung. Das müssen Sie aufschreiben!

Wir gingen dann zur Apotheke, waren da aber nur kurz. Die Kerze kriegten wir wegen des Regens draußen nicht angezündet, und reinlassen durften sie uns ja nicht, wegen der Sicherheit. Nachtdienst zu Weihnachten, ein langweiliger Job, nicht?

Aber, Herr Valentin, nun wollen Sie sicher wissen, wie ich zu Hause empfangen wurde. Papa kam, als er mich ins Haus kommen hörte. Er sagte nur: ‚Na? Bist wieder da? Warst zusammen mit deinen Leuten, nicht?' Ich sagte Ja und ich erkläre morgen alles. Mama guckte zwar ein bisschen schräg und sagte, Oma Martha hatte es schon richtig mit der Angst gekriegt. Papa hat sie dann ins Zimmer zurückgeschoben. Es war immerhin lange nach Mitternacht geworden. Ich verzog mich dann auf meine Bude und stieg ins Bett. Konnte aber nicht einpennen. Dazu war ich zu aufgedreht. Können Sie das verstehen?"

Herr Valentin nickte, ja, ja, er könne das verstehen.

„Aber wissen Sie", fuhr Werner fort, „kaum dass ich lag, kratzte es an meiner Tür und Adele kam reingeschlichen, im Nachthemd, wie sie seit Langem nicht tat vor mir, versteht sich. Setzt sich bei mir auf die Bettkante und sieht mich an. Sagt nichts. Nichts. Gar nichts. Schließlich aber grinst sie doch. Konnte ich deutlich sehen, die Straßenlampen scheinen ja in mein Zimmer. Sie grinst und sagt ganz leise: ‚Erzähl!'

Tja, da habe ich dann kurz, nur in Andeutungen berichtet, wie sich so manches bei mir geklärt habe, und das mit dem Mann auf dem Klappstuhl und das in der Kirche und bei der Polizei, eben alles. Kriegt sie doch mit einem Mal nasse Augen und sagt:

‚Nächstes Mal nimmste mich mit, sonst red ich nich mehr mit dir.' Ich war gerührt und sagte: ‚Klar kommste mit, is aber noch lang hin bis da. Erstmal so lange leben.' Und wissen Sie, was sie da macht? Die liebe Schwester? Sie nimmt meinen Schädel in ihre süßen Katzenpfötchen, beugt sich über mich und drückt mir einen fetten Kuss mitten ins Gesicht. Ich habe mich zwar nicht ernsthaft gewehrt, fragte aber doch gespielt böse, wat dat soll. Da grient sie verschmitzt und flüstert: ‚Halt's Maul, heut is Weihnachten. Nich schimpfen!'

So, das war's, Herr Valentin."

Als müsse er sich erst begreifen, legte er sich in den Sessel zurück und atmete tief durch. Dann sagte er:

„Ich bin fertig. Jetzt liegt alles bei Ihnen. Nicht wahr, Sie werden das aufschreiben? Sie sind doch unser geheimer Schriftsteller. Nicht für mich, sondern für die vielen anderen, die es außer mir gibt. Die Botschaft, wissen Sie? Das Angebot, Liebe als Wurzel des Handelns und alles, ja? Nur – das mit dem Kuss zuletzt, das können Sie weglassen, das interessiert ja doch keinen."

Ja, da hatte nun der gute Gymnasiallehrer Valentin die noch ungeschriebene Weihnachtsgeschichte vor sich. Sollte man so etwas wirklich aufschreiben?

Neujahrsnacht

Bronzesatt, wie dunkel Braun
füllt der Glocke Ton die Nacht.
Schnee liegt auf dem Gartenzaun,
Winterbett – es ist gemacht.
Über mir im ewgen Kreise
segelt stumm das Bild der Sterne,
predigt mir auf seine Weise
Ewigkeit. Ob ich sie lerne?

Auf der Treppe vor dem Tor
warte ich und atme ein
diese Nacht mit wachem Ohr,
und ich bin mit mir allein,
und ich stelle mich den Fragen,
die ohn Ende in mir brennen,
die wie Stacheln in mir ragen
und die keine Antwort kennen.

Gestern? Ein vergangen Jahr
abfällt wie die Frucht vom Baum
in das NICHTS und sagt: Es war …
NICHTS? Ein grenzenloser Raum?
Darfst du denn wie eine Hülle
von dir streifen, was gewesen?
Dieses Jahr mit seiner Fülle?
Was an Schuld du dir erlesen?

Nur, damit du es vergisst,
weil es lastvoll dich bedrückt
und stets bei und in dir ist
und nicht ins Vergessen rückt?
Ja? – Nein? – Ja! – Es ist vorüber!
Heute wendet, wie die Seite
sich im Buch, mein Lieber,
deine Zeit. Dir gilt das HEUTE,

gilt das MORGEN. JAHRSBEGINN!
Schaue auf! Noch unbekannt
ruht in ihm für dich Gewinn,
ruht in ihm die feste Hand,
eine Hand, die durch die Zeiten,
durch des Lebens irre Wogen,
Schuld und Dunkel dich geleiten
wird. – Die Hand hat nie betrogen.

Schau zurück, doch nicht zu tief.
Ohne Schuld ist keine Zeit.
Trau der Stimme, die dich rief:
„Geh nur, dein Weg ist bereit!"
Selbstgespräch? – Dank dieser Stunde
seh ich mich vor neuem Ufer.
Ja, ich traue deinem Munde,
deinem Wort, dir, ewger Rufer.

Bronzesatt, wie dunkel Braun
füllt der Glocke Ton die Nacht.
Schnee liegt auf dem Gartenzaun.
Jahresanfang ist bedacht.

Inhalt

Otto Schmeerlapps Weihnachtspredigt 5

Erwartung 28

Sabina Kopicka 29

Der kleine Ornithologe 57

Weihnachten 66

Eine noch nicht geschriebene Weihnachtsgeschichte .. 67

Neujahrsnacht 92

Geschichten von der Insel Hiddensee

Hiddenseer Inselgeschichten

Gefunden und nacherzählt von
Gerhard Dallmann
(Husum-Taschenbuch)

95 Seiten, broschiert
(ISBN 978-3-89876-381-3)

„Fragmente einer reichen, aber notvollen Historie über Leben und Lieben, Fleiß und Mühsal, Zeit der Rosen vielleicht, vielmehr aber der Dornen" nennt der Autor selbst seine „Inselgeschichten". Schauplatz der Handlungen ist Hiddensee – eine Insel, deren Schönheit und Einzigartigkeit schon oft besungen wurde und die bis heute Sehnsuchtsziel vieler Menschen ist. Wie in seinem großen Roman „Dornenzeit" verweist Gerhard Dallmann auch hier wieder auf tatsächliche historische Ereignisse. Im Rückgriff auf Archive und Kirchenbücher gelingt es ihm, das Leben und die Menschen auf Hiddensee in den Jahren der schwedischen Herrschaft lebendig und anrührend zu schildern. Den Insulanern, einfache hart arbeitende Leute mit einem oft schweren Schicksal, setzt der Autor damit ein Denkmal.

Husum Verlag

Verlagsgruppe Husum · Postfach 1480 · 25804 Husum
www.verlagsgruppe.de

Regionalia im HUSUM TASCHENBUCH

Anekdoten aus Bayern · aus Berlin · aus Brandenburg · aus Hessen · aus Mecklenburg-Vorpommern · aus Ostpreußen · aus Pommern · aus Sachsen · aus Sachsen-Anhalt · aus Schlesien · aus Schleswig-Holstein 1 · aus Schleswig-Holstein 2 · aus Thüringen – **Entdecken und erleben (Reiseführer)**: Mecklenburg-Vorpommerns Kunst · Niedersachsens Kunst · Niedersachsens Literatur · Ostpreußens Literatur · Schleswig-Holsteins Kunst · Schleswig-Holsteins Literatur – **Im Gedicht**: Berlin · Niedersachsen · Nordrhein-Westfalen · Schlesien · Schleswig-Holstein – **Humor** aus Schlesien – **Kinder- und Jugendspiele** aus Schleswig-Holstein 1 · aus Schleswig-Holstein 3 · aus Westfalen – **Kindheitserinnerungen** aus Berlin · aus Hamburg · aus Köln · vom Niederrhein · aus Ostpreußen · aus Pommern · aus Westfalen – **Komponisten** aus Schleswig-Holstein – **Krippengeschichten** aus Deutschland – **Legenden** der kanadischen Indianer · aus Westfalen – **Märchen** aus Mecklenburg · aus Niedersachsen · aus Schleswig-Holstein · aus Westfalen – **Redensarten** aus Hessen – **Aus dem Sagenschatz** der Franken · der Hessen · der Niedersachsen und Westfalen · der Österreicher · der Schleswig-Holsteiner und Mecklenburger · der Schwaben · der Thüringer – **Sagen** aus Baden-Württemberg · aus Franken · aus Mecklenburg · aus Schlesien · aus Schleswig-Holstein · aus Südtirol · aus Westfalen – **Schulerinnerungen** aus Franken · aus Hamburg · aus Mecklenburg · aus Niedersachsen · aus Ostpreußen · aus Schleswig-Holstein – **Schwänke** aus Bayern · aus Schleswig-Holstein · aus Schwaben · aus Westfalen – **Sprichwörter** aus Hessen – **Sprichwörter und Redensarten** aus Mecklenburg · aus Schleswig-Holstein – **Plattdeutsche Sprichwörter** aus Niedersachsen – **Weihnachtsgeschichten** aus Baden · aus Bayern · aus Berlin · aus Brandenburg · aus Franken · aus Hamburg · aus Hessen · aus Köln · aus Mecklenburg · aus München · vom Niederrhein · aus Niedersachsen · aus Ostpreußen · aus Pommern · aus dem Rheinland und der Pfalz · aus Sachsen · aus Sachsen-Anhalt · aus Schlesien · aus Schleswig-Holstein · aus Schwaben · aus Thüringen · aus Westfalen · aus Württemberg – **Weihnachtsmärchen und Weihnachtssagen** aus Baden · aus Schleswig-Holstein – **Witze** aus Hamburg · aus Mecklenburg · aus Ostpreußen · aus Pommern · aus Sachsen · aus Schleswig-Holstein

HUSUM HUSUM DRUCK- UND VERLAGSGESELLSCHAFT
Postfach 1480 · D-25804 Husum